KB020745

2017 유심 작품상

인북스

유심작품상은…

독립운동가이자 불교사상가이며 《님의 침묵》을 쓴 탁월한 시인인 만해 한용운 선생(1879~1944)의 업적을 기리고 그 정신을 계승하고자 만해사상실천선양회가 제정한 문학상이다. '유심작품상'이라는 명칭은 만해가 1918년 9월에 창간했던 잡지 《유심》에서 따온 것이다. 유심작품상은 만해문학정신을 계승하기 위해 2003년부터 시, 시조, 평론 분야로 나누어 수상자를 선정, 시상해왔으며 올해로 15회째 수상자를 배출했다.

2017년도 시상식: 8월 11일 오후 6시 만해마을 님의침묵 광장

2017 제15회 유심작품상

만해 한용운 선생의 문학적 업적을 기리고 현대 한국문학의 수준을 한 단계 높여준 작품을 발표한 문학인들을 격려하기 위해 제정한 '2017 제15회 유심작품상' 수상자를 아래와 같이 발표합니다.

만 해 사 상 실 천 선 양 회

부문별 수상자

시부문 나태주(시인, 전 공주문화원장)
수상작 '어린아이'

시조부문 김제현(시조시인, 경기대 명예교수)
수상작 '한세상 사는 법을 어디 가서 배우랴'

특별상 권영민(문학평론가, 서울대 명예교수)

제15회 유심작품상 심사위원

심사위원장 이근배(시인, 예술원 회원)
심사위원 조오현(시인)
오세영(시인, 예술원 회원)
이숭원(문학평론가, 서울여대 교수)

■ 유심작품상 역대 수상자 ■

제1회 2003

이상국(시)

홍성란(시조)

이남호(평론)

제2회 2004

정끝별(시)

고정국(시조)

방민호(평론)

제3회 2005

문태준(시)

이지엽(시조)

유성호(평론)

제4회 2006

이은봉(시)

오승철(시조)

권혁웅(평론)

제5회 2007

정완영(특별상)

서정춘(시)

이　경(시)

이근배(시조)

이상옥(평론)

제6회 2008

고　은(특별상)

이가림(시)

유자효(시조)

김종회(평론)

제7회 2009

김재홍(특별상)

유안진(시)

백이운(시조)

박찬일(평론)

제8회 2010

권기호(특별상)

김교한(특별상)

김초혜(시)

조동화(시조)

서준섭(평론)

제9회 2011

강은교(시)

김일연(시조)

홍용희(평론)

제10회 2012

이홍섭(시)

이종문(시조)

김광식(학술)

제11회 2013

최동호(시)

박현수(학술)

제12회 2014

신달자(시)

윤금초(시조)

장영우(학술)

제13회 2015

하인즈(특별상)

박형준(시)

김복근(시조)

이숭원(평론)

제14회 2016

이영춘(특별상)

곽효환(시)

김호길(시조)

이도흠(학술)

차 례

● 시부문 나태주

● 시조부문 김제현

● 특별상 권영민

제15회 유심작품상 시부문 수상자

나태주

수상작 · 어린아이

심사평 · 문학적 민중시인

수상소감 · 빚을 지는 마음으로

근작 · 텁 등 8편

자선대표작 · 막동리 소묘 등 18편

등단작 · 대숲 아래서

자술연보 및 연구서지

수상자론 · 자연과 인생 그리고 시인의 행복/ 김유중

나태주 / 1945년 충남 서천 출생. 1971년 〈서울신문〉 신춘문예 당선으로 등단. 공주사범학교를 졸업하고 초등학교 교사와 교장을 43년여 역임. 전 공주문화원장. 흙의문학상, 충남문화상, 현대불교문학상, 박용래문학상, 시와시학상, 향토문학상, 편운문학상 등 수상.
tj4503@naver.com.

시부문 수상작

어린아이

예쁘구나
쳐다봤더니
빙긋 웃는다

귀엽구나
생각했더니
꾸벅 인사한다

하나님 보여주시는
그 나라가
따로 없다.

—《불교문예》 2016년 겨울호

심사평

문학적 민중시인

올해의 유심작품상 시부문 수상자로 나태주 씨를 뽑는다. 그가 등단한 이후 지금까지 보여준 50여 년의 문학 생애, 그의 성실하고도 무구한 저간의 노작 활동, 그에 대한 문단의 높은 평가, 그리고 수많은 일반 독자들이 사랑하는 그의 작품 수준에 비추어 그의 이번 수상은 어찌 보면 당연하며 오히려 뒤늦은 감이 없지 않다고도 말할 수 있을 것이다.

나태주 씨는 사실 오랫동안 중앙문단과 소외된 삶을 살아왔던 시인 중의 하나이다. 중앙문단을 움직이는 소위 문학권력들이 어쩐 이유에선지는 모르나 그를 정당하게 대접하지 않았기 때문이다. 그러므로 그의 오늘은 실로 일반 독자–문예학적 용어로는 '정통한 독자'나 '의도된 독자'가 아닌 '순수독자'–들의 평가로 이루어진 것이다. 나태주 씨의 문학이 그만큼 값지고 튼실한 이유이다. 그러한 의미에서 나태주 씨는 우리 문단에서 문학적 민중시인–정치적 민중시인이 아닌–의 한 분이라고 말할 수도 있다.

나태주 문학의 개성은 세 가지 정도로 요약해 볼 수 있지 않을까 한다. 첫째, 인간에 대한 관심이다. 그는 참다운 인간의 본성이란 무엇인가 하는 문제를 오랫동안 천착해 왔다. 아마도 그것은 우리가 살고 있는 오늘의 시대가 그만큼 비인간화되어 있다는 인식에서 비롯했을 터인데 그는 그것을 문명의 때가 묻지 않은 향토적인 삶과 어린아이들의 천성에서 발견한다. 이번 수상작에서도 그는 천국은 어린아이의 마음속에 있다는 성서의 가르침, 어린아이가 곧 부처(동자불(童子佛))라는 석가세존의 가르침을 보여주고 있다.

둘째, 진솔하고도 평이한 민중언어의 구사이다. 그의 언어에는 굳이 독자들을 자극하지 않고도 자연스럽게 마음을 울리는 호소력과 진실성이 숨어 있다.

셋째, 단순하면서도 깊이 있고 소박하면서도 독자들의 시선을 끄는 그의 남다른 상상력이다. 아마도 그것은 시인이 일상의 사소한 사건에서 인생론적 예지를 발견해 내는 그 나름의 특출한 관찰에서 기인하는 것일지도 모른다.

나태주 씨의 수상을 진심으로 축하드린다.

심사위원 / 조오현·이근배·이숭원·오세영(글)

수상소감

빚을 지는 마음으로

한 마리 버러지로 태어났어도 고마운 목숨입니다. 하물며 사람으로 태어나고 그것도 한국의 하늘 아래 태어나서 한국말을 배워 한국말로 시 쓰는 사람으로 살았던 날들이 오래도록 영광이고 고마움입니다. 축복이고 감격입니다.

굳이 술을 마시지 않아도 휘청휘청 취하는 목숨입니다. 바람을 만나면 취하고 구름을 보면 취하고 나무나 산이나 골짝을 보고도 충분히 취하는 날들의 하루하루가 그야말로 축일입니다. 하물며 누군가 좋은 분으로부터 칭찬을 받는 마당에는 더 이상 말이 필요치 않은 기쁨이요 또다시 축복이고 감격이겠습니다.

나의 평소 믿음의 향방은 기독교이지만 젊은 시절 이래 충분히 부처님의 세계를 좋아해 왔고, 공자님이나 노자님 같은 분들의 사상도 따랐으며 서양 사람으로는 헨리 데이비드 소로나 스콧 니어링 같은 분의 세계관에도 관심이 없지 않았습니다. 그러니까 생각의 울안에서 자유스러운 편이었고 그것은 오늘에도 마찬가지입니다.

이번에 만해사상실천선양회에서 유심작품상을 주신다 합니다. 통보를 받은 날은 모처럼 하늘이 맑고 햇빛이 부신 날, 꽃이 지고 새잎이 나와 연초록으로 어우러지기 시작하는 수풀은 향기로 가득했고 나의 가슴도 향기로 가득한 날이었습니다.

이 땅에서 시 쓰는 사람이라면 누구나 받고 싶어 하는 상을 주신다니 기쁘지 않을 수 없었습니다. 이러한 귀한 인연이 어디로부터 왔는가? 우선은 백담사이고 또 그곳에 계신 설악무산 큰스님이고 또 그 뒤에 만해 선생이시고 또 그 뒤에는 천지만물의 사랑과 염려와 축복이시고 또 부처님의 자비심이 아닌가 싶습니다.

1996년이라고 기억되는 여름날, 무산 스님을 처음 뵈었지요. 그날 이후로 스님은 제 마음속 깊이 또 하나의 사찰로서 자리하고 계셨습니다. 멀리 북쪽 하늘만 보아도 스님 생각이 떠올랐고 끝내 그 마음은 혼곤한 노을빛 그리움으로 잦아들기도 했습니다. 이 또한 얼마나 고마운 일이겠는지요!

그날에 스님을 함께 뵈었던 시의 벗들이 많이 세상을 등졌습니다. 이성선, 최명길, 임영조, 송수권. 이제는 모두가 그리운 이름이 되었습니다. 나 자신이 그 예부터 드물다는 나이를 훌쩍 넘겼으니 많은 세월을 견딘 셈입니다. 그러함에 상을 받는 입장이 더욱 유정하고 특별한 감회입니다.

상을 받는다는 것은 다른 뜻으로는 세상으로부터 빚을 진다는 것이고 앞으로 더욱 괜찮은 작품을 쓰라는 채찍이라 하겠습니다. 가능하다면 이러한 마음을 잘 간직하면서 될수록 빚을 갚는 사람으로 살고 싶습니다. 다시금 가능하다면 한 편이라도 좋으니 더 좋은 작품을 세상에 남기고 지구를 떠나는 사람이고 싶습니다.

나태주

근작

팁 등 8편

조그만 돈을 받고서
너무 많이
허리 굽혀 인사한다
돈이 슬프다
인간은 더욱 슬프다.

—《불교문예》 2016년 겨울호

그러므로

사람이 세상에서
천국을 살지 못하면
나중에 죽어서
천국에 가서도 천국을
살지 못할 것이다

이것은 요즘의
나의 생각

그러므로 내 앞에서 지금
웃고 있는 너는
천국의 사람인 것이다.

—《문학사상》 2016년 6월호

모른다 하랴

언제나 모시전은 이른 새벽에 선다고 했다
두세두세 새벽에 일어나 세수하고
아이들 몰래 모시 팔러 한산장에 가시던 아버지
대처에서 모시장수들은 돈 전대를 옆구리에 차고
한 손에 촛불을 들고 한 손으로 모시를 펼치며
모시 값을 흥정한다고 했다

그날도 아버지, 어머니 일주일 동안 토굴에 들어가
짠 모시 한 필을 들고 한산장에 가셨지
모시를 좋은 값에 넘겼지만 국말이집에 들어가
거푸 마신 막걸리에 취하고 흥이 나서
모처럼 만난 친구 소곡주집으로 끌고 들어가
한 잔만 한다는 것이 그만
저녁때까지 술자리가 이어져
모시 한 필 값을 다 날려버렸지
요모조모 가용으로 쓰고 아이들
학비로도 써야 할 돈인데
소곡주가 모두 가져가 버렸지

아침에 잠에서 깬 아버지, 빈 주머니를 보여주었지만
어머니 한숨만 쉬고 별말씀이 없었지

아, 내 어찌 그러한 젊으신 어머니 아버지를 잊을 수 있으랴
한산모시, 한산장, 소곡주를 모른다 하랴.

—《문학사상》 2016년 6월호

노래로

벗꽃이피면
벗꽃이되어
다시올게요
약속한그애

다시봄되어
벗꽃이피고
벗꽃이져도
오지를않네

차라리내가
벗꽃나무로
그애한테로
가려고그래

화들짝벗꽃
피워매달고
그애앞에가
서있고싶어

*

여기는 아직도
벚꽃이 활짝
피어 있네요~~^^

*

그래네가
그곳에서
벚꽃되어
서있거라
나여기서
까치발로
바라보마
마음의눈
크게뜨고
바라보마.

(미발표작)

그냥 거기

무릎걸음으로
세 살배기 무릎걸음으로
내가 가요

해바라기 웃음으로
다섯 살배기 해바라기 웃음으로
내가 지금 가요

어머니,
어머니 거기 그냥
계시기만 하셔요

한때는 나의 땅이었고
하늘이었던 당신.

(미발표작)

서성서성

마당의 달빛
혼자 두고
잠들기 아까워
방안에서
서성서성

멀리 있는 너
보고 싶어
한낮에도
철부지 마음
서성서성.

(미발표작)

해거름 녘

뜰에 피어난 꽃
너무 예뻐서
예쁘다 예쁘다
혼자 중얼거리다가

네 생각 새롭게 나서
어떻게 지내는지
전화 걸어 묻고 싶었는데
끝내 받지를 않네

다시금 뜰에 나가
꽃을 보며 너들이
예쁘다 예쁘다
중얼거리는 해거름 녘

4월 하고도 오늘은
며칠이라냐?
날마다 우리의 날들은
짧아만 지는데

너와 나는 너무 오래

만나지 못했다
너무 멀리
헤어져 있다.

(미발표작)

봄날의 끝자락

강은 언제나 소리 없이 흐르는 것인 줄 알았지
평생을 소리 없이 흐르는 금강만 보고 살았으니까

40대 중반쯤이었을 것이다
장마철에 하동 쌍계사 찾아가는 길
콸콸콸 소리 내며 흐르는 강물을 처음 보았지

아, 강물도 소리하면서 흐르는 거구나
그것도 하나의 깨침이며 기쁨
그러나 그날 함께 강물을 보았던
송수권 이성선 시인 이미 이 세상 사람 아니네

나만 다시금 섬진강을 스치며
강물이 참 깊기도 하고 맑기도 하고
유정하기도 하구나
느끼고 또 속으로 느끼네
이 좋은 봄날 끝자락에.

(미발표작)

자선 대표작

막동리 소묘 등 18편

1
아스라이 청보리 푸른 숨소리 스민 청자의 하늘,
눈물 고인 눈으로 바라보지 마셔요.
눈물 고인 눈으로 바라보지 마셔요.
보리밭 이랑 이랑마다 솟는 종다리.

2
얼굴 붉힌 비둘기 발목같이 발목같이
하늘로 뽑아 올린 복숭아나무 새순들.
하늘로 팔을 벌린 봄 과원의 말씀들.
그같이 잠든 여자, 고운 눈썹 잠든 여자.

3
내버려 두라, 햇볕 드는 대로 바람 부는 대로
때가 되면 사과나무에 사과꽃 피고
누이의 앵두나무에 누이의 앵두가 익듯
네 가슴의 포도는 단물이 들대로 들을 것이다.

4

모음으로 짜개지는 옥빛 하늘의 틈서리로
우우우우, 사랑의 내력(來歷) 보 터져오는 솔바람 소리.
제가 지껄인 소리 제가 들으려고
오오오오, 입을 벌리는 실개천 개울물 소리.

5

겨우내 비워둔 나의 술잔에
밤새워 조곤조곤 봄비 속살거리고
사운사운 살을 씻는 댓잎의 노래,
비워도 비워도 넘치네. 자꾸 술이 넘치네.

6

물안개에 슬리는 차운 산허리
삐꾸기 울음소리 감돌아 가고
가난하고 가난하고 또 가난하여라,
아침마다 골짝 물소리에 씻는 나의 귀.

7

감나무 나무 속잎 나고
버드나무 실가지에 연둣빛 칠해지는 거,

아, 물찬 포강배미 햇살이 허물 벗는 거,
보리밭에 바람이 맨살로 드러눕는 거.

8
그 계집애, 가물가물 아지랑이 허리를 가진.
눈썹이 포로소롬 풋보리 같은.
그 계집애, 새봄맞이 비를 맞은 마늘촉 같은.
안개 지핀 대숲에 달덩이 같은.

9
유채꽃밭 노오란 꽃 핀 것만 봐도 눈물 고였다.
너무나 순정적인 너무나 맹목적인
아, 열여섯 살짜리 달빛의 이슬의
안쓰러운 발목이여. 모가지여. 가슴이여.

10
덤으로 사는 목숨 그림자로 앉아서
반야심경을 펴 든 날 맑게 눈튼 날
수풀 속을 헤쳐 온 바람이 책장을 넘겨주데.
꾀꼬리 울음소리가 대신해서 경을 읽데.

— 시집《막동리 소묘》(1980)

시

마당을 쓸었습니다
지구 한 모퉁이가 깨끗해졌습니다

꽃 한 송이 피었습니다
지구 한 모퉁이가 아름다워졌습니다

마음속에 시 하나 싹텄습니다
지구 한 모퉁이가 밝아졌습니다

나는 지금 그대를 사랑합니다
지구 한 모퉁이가 더욱 깨끗해지고
아름다워졌습니다.

— 시집 《훔쳐보는 얼굴이 더 아름답다》(1991)

사는 일

1
오늘도 하루 잘 살았다
굽은 길은 굽게 가고
곧은 길은 곧게 가고

막판에는 나를 싣고
가기로 되어 있는 차가
제시간보다 일찍 떠나는 바람에
걷지 않아도 좋은 길을 두어 시간
땀 흘리며 걷기도 했다

그러나 그것도 나쁘지 아니했다
걷지 않아도 좋은 길을 걸었으므로
만나지 못했을 뻔했던 싱그러운
바람도 만나고 수풀 사이
빨갛게 익은 멍석딸기도 만나고
해 저문 개울가 고기비늘 찍으러 온 물총새
물총새, 쪽빛 날갯짓도 보았으므로

이제 날 저물려 한다
길바닥을 떠돌던 바람은 잠잠해지고

새들도 머리를 숲으로 돌렸다
오늘도 하루 나는 이렇게
잘 살았다.

2
세상에 나를 던져보기로 한다
한 시간이나 두 시간

퇴근 버스를 놓친 날 아예
다음 차 기다리는 일을 포기해버리고
길바닥에 나를 놓아버리기로 한다

누가 나를 주워가 줄 것인가?
만약 주워가 준다면 얼마나 내가
나의 길을 줄였을 때
주워가 줄 것인가?

한 시간이나 두 시간
시험 삼아 세상 한복판에
나를 던져보기로 한다

나는 달리는 차들이 비껴가는
길바닥의 작은 돌멩이.

— 시집《슬픔에 손목 잡혀》(2000)

멀리서 빈다

어딘가 내가 모르는 곳에
보이지 않는 꽃처럼 웃고 있는
너 한 사람으로 하여 세상은
다시 한 번 눈부신 아침이 되고

어딘가 네가 모르는 곳에
보이지 않는 풀잎처럼 숨 쉬고 있는
나 한 사람으로 하여 세상은
다시 한 번 고요한 저녁이 온다

가을이다, 부디 아프지 마라.

— 시집 《시인들 나라》(2010)

우체통 곁에

뒷모습이 예뻤던 그녀
살그머니 다가가 한번
안아주고 싶다는 생각만으로
오랜 세월을 견뎠다

그런 뒤로 그녀는
새하얀 백합이 되었고
나는 그녀 곁에 새빨간
우체통이 되었다.

황홀극치

황홀, 눈부심
좋아서 어쩔 줄 몰라 함
좋아서 까무러칠 것 같음
어쨌든 좋아서 죽겠음

해 뜨는 것이 황홀이고
해 지는 것이 황홀이고
새 우는 것 꽃 피는 것 황홀이고
강물이 꼬리를 흔들며 바다에
이르는 것 황홀이다

그렇지, 무엇보다
바다 울렁임, 일파만파, 그곳의 노을,
빠져 죽어버리고 싶은 충동이 황홀이다

아니다, 내 앞에
웃고 있는 네가 황홀, 황홀의 극치다

도대체 너는 어디서 온 거냐?
어떻게 온 거냐?
왜 온 거냐?

천 년 전 약속이나 이루려는 듯.

— 시집 《황홀극치》(2012)

시인

두리번거리다가
한발 늦고

망설이다가
한발 늦고

구름 보고 웃다가
꽃을 보며 좋아서

날 저물어서야
울먹인 아이

빈손으로 혼자서
돌아온 아이.

틀렸다

돈 가지고 잘 살기는 틀렸다
명예나 권력, 미모 가지고도 이제는 틀렸다
세상에는 돈 많은 사람이 얼마나 많고
명예나 권력, 미모가 다락같이 높은 사람이 얼마나 많은가!
요는 시간이다
누구나 공평하게 허락된 시간
그 시간을 어디에 어떻게 써먹느냐가 열쇠다
그리고 선택이다
내 좋은 일, 내 기쁜 일, 내가 하고 싶은 일 고르고 골라
하루나 한 시간, 순간순간을 살아보라
어느새 나는 빛나는 사람이 되고 기쁜 사람이 되고
스스로 아름다운 사람이 될 것이다
틀린 것은 처음부터 틀린 일이 아니었다
틀린 것이 옳은 것이었고 좋은 것이었다.

잘람잘람

어머니, 어머니
샘물가에서 물동이로
물을 기를 때

물동이에 가득 채운 물
머리에 이고 가기 전
넘치지 않게 하기 위하여
물동이 주둥이를 손바닥으로
슬쩍 훑어내듯이

오늘 내가 너에게
주는 마음은 잘람잘람
그렇지만 넘치지 않게

오늘 내가 너에게
주는 시도 잘람잘람
그렇지만 넘치지 않게.

명예

돈이 별로 필요 없을 때
세상의 돈이 내게로 왔고
내가 남자도 아닐 때
세상의 여자들이 나를 좋아했다
그래도 돈을 아껴서 쓰고
세상의 여자들을 사랑해야겠다.

한산세모시

누나의 알몸은 눈부셨다
리아스식 해안은 새하얗고
파도는 저 혼자서도
연달아 몰려와서
부서져 죽었다.

친구

처음 만났지만
오래 만난 것 같고

오래 만났지만
새로 만난 것 같은 사람

당신을 오늘 나는
친구라 부른다.

의자

그냥 좀
앉아 있고 싶다

줄 위에 앉은
비둘기처럼

그냥 잠시
쉬었다 가고 싶다.

시인 무덤

날마다 쓰는 시가
그대로 무덤인데
무슨 무덤을 또
남긴단 말이냐!

겨울 장미

너를 사랑하고 나서
누구를 다시 더 사랑한다
그러겠느냐

조금은 과하게 사랑함을
나무라지 말아라
피하지 말아다오

하나밖에 없는 것이
정말로 사랑이라
그러지 않았더냐.

벚꽃 이별

하늘 구름이 벚꽃나무에 와서 며칠
하늘 궁전이 되어서 또 며칠
부풀어 오르던 마음
세상을 다 가진 것 같은 마음
사랑이었네 그것은
나도 모르게 사랑이었네

바람 불어와 하늘 궁전 무너져 내려
꽃비인가 눈인가 날리는 마음
잘 가라 잘 살아라
나는 울어도 너는 울지 말아라
별이 되어 꽃이 되어
만날 때까지 우리 다시 그때까지.

그냥 낭만

낭만, 그냥 낭만
국적 없는 낭만
떠돌이 낭만
조금은 떨리고 조금은 서럽고
조금은 기쁘기도 한 낭만
지절거리는 아침 새소리가 되고
반짝이는 한낮의 시냇물 되고
저녁에는 또 날리는 꽃잎이 되기도 하겠네

이것도 너한테서 받는 하나의 선물.

어린 봄

어린 봄은 나뭇가지 위에
새 울음 속에

더 어린 봄은
내 마음 위에

오늘도 나는 너를 바라보며
이렇게 울먹이고만 있다.

등단작

대숲 아래서

1

바람은 구름을 몰고
구름은 생각을 몰고
다시 생각은 대숲을 몰고
대숲 아래 내 마음은 낙엽을 몬다.

2

밤새도록 댓잎에 별빛 어리듯
그슬린 등피에는 네 얼굴이 어리고
밤 깊어 대숲에는 후둑이다 가는 밤 소나기 소리.
그리고도 간간이 사운대다 가는 밤바람 소리.

3

어제는 보고 싶다 편지 쓰고
어젯밤 꿈엔 너를 만나 쓰러져 울었다.
자고 나니 눈두덩엔 메마른 눈물자죽,
문을 여니 산골엔 실비단 안개.

4

모두가 내 것만은 아닌 가을,
해 지는 서녘구름만이 내 차지다.
동구 밖에 떠드는 애들의
소리만이 내 차지다.
또한 동구 밖에서부터 피어오르는
밥안개만이 내 차지다.

하기는 모두가 내 것만은 아닌 것도 아닌
이 가을,
저녁밥 일찍이 먹고
우물가에 산보 나온
달님만이 내 차지다.
물에 빠져 머리칼 헹구는
달님만이 내 차지다.

—〈서울신문〉 1971. 1. 7

자술연보

- 1945년 3월 17일(음력 2월 4일) 출생(아버지 나승복, 어머니 김경애).

- 1963년 공주사범학교 졸업.

- 1964년 공주사범학교 동급생이었던 김동현(구명 김기종)과 2인 동인지 《구름에게 바람에게》 1집 프린트판으로 출간. 경기도 연천군 군남국민학교 교사 초임 발령.

- 1965년 《구름에게 바람에게》 2집 출간.

- 1966년 육군 사병 입대.

- 1969년 육군 만기제대. 경기도 연천군 전곡국민학교 교사로 복직(1년).

- 1970년 고향 서천군 마서면 서남국민학교 전보(1년).

- 1971년 시 〈대숲 아래서〉로 〈서울신문〉 신춘문예 당선(박목월·박남수 선생 심사). 월기국민학교 교사(3년 6개월).

- 1973년 제1시집 《대숲 아래서》(예문관) 출간. 박목월 선생 주

례로 김성례와 혼례.

- 1975년 장항중앙국민학교 교사(1년).

- 1976년 마산국민학교 교사(3년).

- 1977년 제2시집 《누님의 가을》(대전 창학사) 출간. 아들 병윤 출생.

- 1979년 구재기, 권선옥과의 3인시집 《모음》(대전 창학사) 출간. 제3회 흙의문학상 수상(본상, 수상작 연작시 〈막동리 소묘〉 한국문예진흥원 주관). 공주교육대학 부속국민학교 교사(6년). 딸 민애 출생.

- 1980년 제3시집 《막동리 소묘》(일지사) 출간.

- 1981년 산문집 《대숲에 어리는 별빛》(열쇠사), 제4시집 《사랑이여 조그만 사랑이여》(일지사) 출간.

- 1983년 제5시집 《변방》(대전 신문학사), 제6시집 《구름이여 꿈꾸는 구름이여》(일지사) 출간.

- 1984년 산문집 《절망, 그 검은 꽃송이》(오상사), 동시집 《외할머니》(대전 신문학사) 출간.

• 1985년 제7시집 《굴뚝각시》(오상사), 제8시집 《사랑하는 마음 내게 있어도》(일지사) 출간. 한국방송통신대학 초등교육과 졸업. 공주 호계국민학교 교사(4년).

• 1986년 제9시집 《목숨의 비늘 하나》(영언문화사), 제10시집 《아버지를 찾습니다》(정음사) 출간.

• 1987년 제11시집 《그대 지키는 나의 등불》(고려원), 합본시집 《젊은 날의 사랑아》(청하) 출간.

• 1988년 선시집 《빈손의 노래》(문학사상사) 출간. 제32회 충청남도문화상 수상. 충남대학교 교육대학원 졸업(교육학 석사).

• 1989년 제12시집 《추억이 손짓하거든》(일지사) 출간. 충남 청양군 문성국민학교 교감 승진(1년).

• 1990년 제13시집 《딸을 위하여》(대전 대교), 제14시집 《두 마리 학과 같이》(진솔) 출간. 충남교원연수원 장학사 전직(5년).

• 1991년 제15시집 《훔쳐보는 얼굴이 더 아름답다》(일지사), 제16시집 《눈물난다》(전원), 100권시선집 《추억의 묶음》(미래사) 출간.

• 1992년 선시집 《네 생각 하나로 날이 저문다》(혜진서관), 선

• 2002년 제23시집 《산촌엽서》(문학사상사), 산문집 《시골사람, 시골선생님》(서울 동학사) 출간. 공주문인협회 회장(2년). 제7회 시와시학상(작품상, 시와시학사), 제2회 대한민국향토문학상(광주) 수상.

• 2004년 동화집 《외톨이》(계수나무), 회갑기념문집 《나태주의 시 세계》(대전 분지), 《나태주 시인앨범》(대전 문경) 출간. 제14회 편운문학상(본상) 수상. 9월 1일 공주 장기초등학교 교장(3년).

• 2005년 제24시집 《이 세상 모든 사랑》(일지사), 제25시집 《쪼끔은 보랏빛으로 물들 때》(시학사), 산문집 《아내와 여자》(푸른사상사) 출간.

• 2006년 제26시집 시집 《물고기와 만나다》(문학의 전당), 시선집 《오늘도 그대는 멀리 있다》(고요아침), 시선집 《이야기가 있는 시집》(푸른길), 《나태주 시 전집》(전 4권, 고요아침) 출간.

• 2007년 제27시집 《새가 되어 꽃이 되어》(서울 문학사상사) 출간. 충남시인협회 회장(2년), 한국시인협회 심의위원장(2년). 공주 장기초등학교에서 43년 교직 정년퇴임(황조근정 훈장 수훈).

• 2008년 시집 제28시집 《눈부신 속살》(시학사), 산문집 《꽃을 던지다》(고요아침), 산문집 《공주, 멀리서도 보이는 풍경》(푸

시집《손바닥에 쓴 서정시》(대전 분지) 출간.

- 1994년 제17시집《지는 해가 눈에 부시다》(현음사), 제18시집《나는 파리에 가서도 향수를 사지 않는다》(대전 분지) 출간.

- 1995년 제19시집《천지여 천지여》(대전 분지) 출간. 논산시 호암국민학교 교감 복귀(4년 6개월).

- 1996년 제20시집《풀잎 속 작은 길》(고려원) 출간.

- 1997년 산문집《추억이 말하게 하라》(대전 분지) 출간. 제2회 현대불교문학상(현대불교문인협회 주관) 수상.

- 1999년 시화집《사랑하는 마음 내게 있어도》(혜화당), 산문집《외할머니랑 소쩍새랑》(대전 분지) 출간. 공주 왕홍초등학교 교장 승진(1년).

- 2000년 제21시집《슬픔에 손목 잡혀》(시와시학사), 선시집 3권《슬픈 젊은 날》《나의 등불도 애닯다》《하늘의 서쪽》(토우), 산문집《쓸쓸한 서정시인》(대전 분지) 출간.《불교문예》편집주간으로 위촉. 제2회 박용래문학상(수상시집《슬픔에 손목 잡혀》대전일보사) 수상. 공주 상서초등학교 교장(4년).

- 2001년 제22시집《섬을 건너다보는 자리》(푸른사상사), 이성선, 송수권과의 3인시집《별 아래 잠든 시인》(문학사상사) 출간.

른길) 출간.

• **2009년** 시화집 시집 《너도 그렇다》(대전 종려나무), 육필시집 《오늘도 그대는 멀리 있다》(지만지), 시선집 《오늘의 약속》(대전 분지), 사진시집 《비단강을 건너다》(김혜식 사진, 푸른길) 출간. 제41회 한국시인협회상(시집 《눈부신 속살》) 수상. 공주문화원장 당선(4년).

• **2010년** 제29시집 《시인들 나라》(서정시학), 한지활판시집 《지상에서의 며칠》(파주 시월), 산문집 《돌아갈 수 없기에 그리운 보랏빛》(푸른길), 산문집 《풀꽃과 놀다》(푸른길) 출간.

• **2011년** 제30시집 《별이 있었네》(토담미디어) 출간.

• **2012년** 제31시집 《너를 보았다》(대전 종려나무), 제32시집 《황홀극치》(지식산업사), 산문집 《시를 찾아 떠나다》(푸른길), 사진시집 《계룡산을 훔치다》(푸른길) 출간.

• **2013년** 제33시집 《세상을 껴안다》(대전 지혜), 사진시집 《풀꽃 향기 한줌》(김혜식 사진, 푸른길), 100인시선집 《멀리서 빈다》(시인생각), 산문집 《사랑은 언제나 서툴다》(토담미디어), 시선집 《사랑, 거짓말》 출간. 제24회 고운문화상(수원대학교), 2013년 자랑스러운 충남인상(충청남도) 수상. 공주문화원장 재선(4년).

• **2014년** 제34시집 《자전거를 타고 가다가》(푸른길), 제35시집 《돌아오는 길》(푸른길), 시선집 《울지마라 아내여》(푸른길), 시선집 《풀꽃》(대전 지혜), 산문집 《날마다 이 세상 첫날처럼》(푸른길), 영역시집 《지상에서의 며칠》(푸른길), 시화집 《선물》(윤문영 그림, 푸른길), 윤문영 글과 그림 동화집 《풀꽃》(계수나무) 출간. 제26회 정지용문학상(수상시집 《세상을 껴안다》 지용회) 수상. 공주시청 도움으로 공주풀꽃문학관 개관.

• **2015년** 제36시집 《한들한들》(밥북), 시선집 《꽃을 보듯 너를 본다》(대전 지혜), 일역시집 《사랑하는 마음 내게 있어도》(서승주 번역, 푸른길), 시선집 《지금도 네가 보고 싶다》(푸른길), 시화집 《오래 보아야 예쁘다 너도 그렇다》(한아롱 그림, RH코리아), 산문집 《꿈꾸는 시인》(푸른길) 출간. 제12회 웅진문화상(공주시) 수상.

• **2016년** 제37시집 《꽃장엄》(천년의시작), 시선집 《시, 마당을 쓸었습니다》(푸른길), 시선집 《별처럼 꽃처럼》(푸른길), 산문집 《죽기 전에 시 한 편 쓰고 싶다》(리오북스) 출간. 제24회 공초문학상(작품 〈돌멩이〉 서울신문사) 수상.

• **2017년** 제38시집 《틀렸다》(대전 지혜), 나태주 대표시 선집 《아직도 너를 사랑해서 슬프다》(푸른길), 포토에세이 《풍경이 풍경에게》(푸른길), 나태주 아포리즘 《기죽지 말고 살아봐》(푸른길) 출간.

연구서지

시평(詩評)

박목월 〈서울신문〉 신춘문예 심사평 〈서울신문〉 1971. 1. 7.

박재삼 〈동인지의 우수작〉《현대문학》 1972. 3

오세영 〈두메산골과 인생의 조화〉〈대전일보〉 1978. 6. 16.

오세영 〈막동리의 시인〉《한국문학》 1979. 4.

범대순 〈나태주의 연작시 〈변방〉〉〈동아일보〉 1982. 12. 20.

강현국 〈나태주의 아이러니〉《현대시학》 1983. 7.

신협 〈향토적 서정과 휴머니즘〉《심상》 1992. 6.

이성선 〈황홀한 고요〉《현대시학》 1993. 1.

정순진 〈자연 섭리에 삶 투영〉〈중도일보〉 1993. 11. 29.

윤성희 〈예속적 삶에 반역의 상상력〉〈중도일보〉 1994. 3. 28.

김유중 〈결핍과 퇴행〉《현대문학》 1995. 7.

김완하 〈생명과 사랑의 반짝거림〉〈중도일보〉 1995. 9. 29.

김완하 〈생명의 절정〉 간결의 미학〉《현대시학》 1996. 3.

양애경 〈노을 · 우주의 생식〉《현대시학》 1996. 5.

이숭원 〈나태주의 시 〈강아지풀을 배경으로〉〉《문학사상》 1997. 1.

김완하 〈자연과 시간의 의미〉《현대시학》 2000. 1.

신항섭 〈자연을 안을 수 있는 시인의 가슴〉《나를 울린 시》(책 읽는 사람들)〉 2002.

정일근 〈정일근의 편협한 시 읽기 2〉《현대시》 2002. 10.

유재영 〈등이 파란 서정시〉《현대시학》 2002. 12.

고명수 〈느리게 산다는 것의 의미〉《시를 사랑하는 사람들》 2003.

3/4.
김재홍 〈주변부의 중심부화〉 소외된 것의 가치화 《문학사상》 2003.6.
강은교 〈해를 닮아라〉 〈부산일보〉 2004.1.26.
이숭원 〈자연의 어린이〉 《문학사상》 2004.2.

작품론·시인론

박인기 〈서정과 그리움〉 《한국 대표시 평설》(문학세계사) 1983.
구중회 〈천형적(天刑的) 시 세계〉 《공주문학》 1993.
서지월 〈〈대숲 아래서〉 기타〉 《대구제일서적》 1993.6/7.
서정학 〈대숲으로부터 사랑의 등불 켜든 저잣거리까지〉 《시·시론》(충남시문학회), 1994.
윤성희 〈자기동일성 회복의 꿈, 혹은 생명의 수사학〉 《현대시》 1995.5.
김완하 〈시간의 의미, 또 다른 '나'의 발견－나태주론〉 《시와 시학》 1996. 봄.
정한용 〈한 자연주의자의 웃음과 울음－나태주론〉 《불교문예》 1997. 여름.
이형권 〈세기말 이후에도 서정시는 가능한가－나태주의 삶과 시〉 《현대시》 1999.9.
송기한 〈상실을 통한 자아의 회복〉 《시와 시학》 2001. 겨울.
송기한 〈자연, 사물, 사람에 대한 사랑의 힘〉 《시와 시학》 2002. 겨울.
이형권 〈필리아의 노래를 부르는 시인〉 《시와 사람》 2003. 봄.
홍용희 〈겸허와 발견의 언어〉 《시와 시학》 2003. 봄.

송영호 〈나태주의 서정시 연구〉 경희대학교 석사학위 논문, 2005.
송영호 〈나태주 시에 나타난 이미지와 상징체계 분석〉《인문학연구》(경희대 인문학연구소)〉 2009.
신광철 〈들꽃 같은 시인, 나태주〉《시에게 길을 묻다》(한비) 2009.
윤효 〈홀로 이룩한 원융무애, 풀꽃 만다라〉《유심》 2011. 3.
윤세영 〈작은 것을 사랑하는 시심, 풀꽃시인〉《사진예술》 2012. 12.
이은봉 〈고향처럼 그리운 시인〉《현대시학》 2014. 3.
이경철 〈새봄 환한 햇살에 시의 본성과 시인의 품새를 떠올리는 나태주 시인〉《시와 시학》 2014. 봄.
한성일 〈시는 상처의 꽃〉 세상에 드리는 초라한 선물〉〈중도일보〉 2014. 7. 18.
박원식 〈자전거 타는 시인〉《산과 사람》 2015. 2.
권온 〈진정한 예술 혹은 절대적인 포용의 시〉《시와 표현》 2015. 9.
이준관 〈사람과 세상을 예쁘고 사랑스럽게 바라보게 하는 시〉《시와 시학》 2015. 가을.

나태주론

자연과 인생, 그리고 시인의 행복

김유중

1.

현대시를 공부하는 사람으로서 조금 부끄러운 고백부터 먼저 하련다. 어느 틈엔가 요즘 나오는 시들을 잘 안 읽게 된다. 솔직히 읽어도 모르겠고, 그래선지 가슴에 와 닿지가 않기 때문이다. 불편하다. 그리고 짜증이 난다. 읽어서 흥미롭다거나 별로 즐겁지가 않다.

날로 튀는 신세대의 감성을 따라잡지 못하는 나 자신의 한계도 한계겠지만, 이쯤 되면 무언가 잘못 돌아가고 있는 것이 아닌가 하는 불안감이 앞선다. 나 자신, 시 공부를 한답시고 돌아다닌 지가 어느덧 30년이 훌쩍 넘었다. 그런 나도 이해 못하는 시, 느끼지 못하는 시가 과연 일반 독자들에게, 그리고 대중에게 어떻게 비칠까 하는 의아함과 안타까움이 있다.

시를 쓰는 길이 오직 한 가지 길만 있는 것은 아니라는 사실에 나도 동의한다. 독자에게 잘 이해되지 않는다고 해서 그 시가 반드시 좋지 않다고 볼 수는 없다. 시 쓰기는 때론 고뇌며 고통을 수반하는 작업이기도 하다. 그러나 그런 고뇌와 고통이 내면에서 우러나온 진지함과 시인으로서 진정성을 반영한 것이 아니라고 한다면, 단지 남들만큼, 또는 남들보다도 더 튀어 보이기 위한 수단이라고 한다면 그건 문제가 아닐까?

모든 것이 그렇지만 시 역시 기본에 충실해야 한다고 믿는다. 시를 쓰는 것과 읽는 것, 시를 마땅히 시로서 감상하고 대하는 태도, 이 모든 일체가 기본으로 돌아가야 한다. 남의 인생을 대신 살 수 없고 남의 고민과 아픔을 대신할 수 없듯이, 시를 쓰는 것은 어디까지나 시인 자신이어야 한다. 누굴 의식해서도, 누구의 눈치를 봐서도 되는 일이 아니다. 누가 알아주건 말건 스스로에 정직하기 위해서, 나만의 스타일을 창조하고 나만의 주제와 정서, 문제의식들을 그 속에 담기 위해서 노력하지 않으면 안 된다. 시 쓰기의 정도(正道), 시 쓰기의 기본이 바로 거기에 있다.

2.

쓰다 보니 서두에서부터 사설이 다소 길어져 버렸다. 나태주 시인의 시들을 읽으면서 내가 줄곧 느끼는 것은 그는 결코 시 쓰기를 통해 화려함을 추구하려 하지 않는다는 사실이다. 그런 그의 태도에서 우리는 전통 사회의 때 묻지 않은 순수함과 순박함을 발견하게 된다. 그의 시는 현대문명이 발산하는 복잡함과 어지러움을 곁눈질하지 않으며, 동서양 각종 유파가 소리 높여 떠들어대는 주의, 주장이나 이론들에 얽매이지 않는다.

그런 점에서 그의 시는 평이하다. 언뜻 읽어서 이해가 되지 않는다거나 알 듯 모를 듯 고개를 갸웃거리게 하는 구절들은 드물다. 기교 자체를 전연 도외시하는 것은 아니지만, 미사여구나 현란한 수사적 표현의 남발 등에 대해서는 엄격하다. 이 때문에 그의 시는 일견 단순하고 밋밋해 보이기도 한다. 그러나 곱씹어 보면 볼수록 자신만의 방식으로 인간과 자연, 우주를 향해 열린 따뜻한 마음과 섬세한 눈길들을 담고 있는 듯이 보인다. 천진난만하고 섬약해 뵈면서도 그 밑에 은근한 힘이 가로놓여 있음을 느끼게 하는가 하면, 정적(靜的)인가 싶다가도 변화무쌍한 만물의 섭리를 예리하게 포착하여 묘파한 흔적들을 간직하고 있다.

1.
바람은 구름을 몰고
구름은 생각을 몰고
다시 생각은 대숲을 몰고
대숲 아래서 내 마음은 낙엽을 몬다.

2.
밤새도록 댓잎에 별빛 어리듯
그슬린 등피에는 네 얼굴이 어리고

밤 깊어 대숲에는 후둑이다 가는 밤 소나기 소리
그리고도 간간이 사운대다 가는 밤바람 소리

3.
어제는 보고 싶다 편지 쓰고
어젯밤 꿈엔 너를 만나 쓰러져 울었다.
자고 나니 눈두덩엔 메마른 눈물 자죽,
문을 여니 산골엔 실비단 안개.

4.
모두가 내 것만은 아닌 가을,
해 지는 서녘 구름만이 내 차지다.
동구 밖에 떠도는 애들의
소리만이 내 차지다.
또한 동구 밖에서부터 피어오르는
밤안개만이 내 차지다.

하기는 모두가 내 것만은 아닌 것도 아닌
이 가을,
저녁밥 일찍이 먹고
우물가에 산보 나온
달님만이 내 차지다.
물에 빠져 머리칼 헹구는
달님만이 내 차지다.

—〈대숲 아래서〉

널리 알려진 그의 신춘문예 등단작 〈대숲 아래서〉 전문이다. 한 여인을 그리는 화자의 애틋한, 그리고 동시에 절실한 심정이 서정적 가락과 이미지를 타고 우리의 심부를 후빈다. 그는 그런 자신의 심정을 자연 속에서, 자연과의 교감을 통해 구체화해나간다.

그는 애써 자신의 정서를 감추거나 억제하려 들지 않는다. 반대로 무분별하게 방출하려 하지도 않는다. 흐르면 흐르는 대로, 또 멈추면 멈추는 대로 집착을 거두고 스스로를 내맡긴다. 이 상태에서 우주 자연과의 교감을 통해 순리에 따르고자 할 뿐이다. 계산적이라거나 의도된 방향으로 정서를 몰아 조작하려 하지 않는다는 점에서 그는 낭만주의자이다. 그러나 그의 낭만주의는 감각과 표현의 절묘한 조화와 균형 위에 섬세한 자연친화적인 무늬로 그 표면을 장식한 낭만주의라는 점에서 종래 우리가 아는 감정 과잉의 낭만주의와는 구분된다.

그의 시어는 은근한 매력으로 독자들의 감각과 정서를 자극한다. "그슬린 등피에는 내 얼굴이 어리고" "간간이 사운대다 가는 밤바람 소리" "문을 여니 산골엔 실비단 안개" 등의 구절들에서 우리는 시인이 이 구절들을 얻기 위해 지새웠을 불면의 밤들을 상상해보게 된다. 또한 어느 평론가가 지적했듯이 "어제는 보고 싶다 편지 쓰고/ 어젯밤 꿈엔 너를 만나 쓰러져 울었다./ 자고 나니 눈두덩엔 메마른 눈물 자죽" 같은 구절들에서 우리는 이 시대가 오래도록 잊고 지내왔던 순정의 발산을 목도하게 된다.

이 점에 관한 한 그의 시는, 그리고 그의 시에 나타난 감각과 정서는 무엇보다도 정직하다. 의도적인 과장이나 왜곡과는 거리가 멀기 때문이다. 그뿐만 아니라 그것들을 억지로 쥐어짜낸 흔적도 발견되지 않는다. 다만 그는 그러한 자신의 내면에 자리한 감각과 정서를 가장 효과적으로 표현하고 전달할 수 있는 시어, 구절들을 찾기 위해 애썼을 뿐이다. 그런 점에서 그는 결코 머리만으로 시를 쓰는 시인은 아니다. 자신의 진솔한 감정을 담은 시구(詩句)를 얻기 위해 시가 그를 찾아오기를 끈덕지게 참고 기다릴 줄 아는 시인이다.

생각하기에 따라서 모두가 '내 것만은 아닐' 수도, 반대로 '내 것만은 아닌 것도 아닐' 수도 있다는 이 시인의 사상을 우리는 무어라 설명해야 옳을까. 그 세계는 욕망과 체념, 탐욕과 무욕(無慾)이라는 이항대립적인 사고방식, 근대의 이분법적인 체계를 유연하게 넘어선 지점에 자리하고 있다. 자연과 우주의 순환 질서를 의식하며 그 질서에 순응하고 순리를 따르며 살고자 하는 세계관, 인생관을 느낄 수 있거니와, 그런 가운데서도 인간에게는 끝내 포기하고 싶지 않은 꿈과 이상이 있음을 굳게 믿고 의지하고자 하는 시인다운 발상에 기초해 있음을 알게 된다.

3.

그는 한시도 자신이 시골에서 나고 자란 시골 출신임을 잊어본 적이 없다. 게다가 앞으로도 특별한 사정이 없는 한 시골에서의 생활을 그대로 유지하며 이어나가길 원한다. 물론 그는 시 쓰기를 통해 그곳에서부터 생성된 특유의 감성을 담아 형상화하는 데 공을 들여왔다. 그의 시에 두드러진 자연친화적 경향은 애써 찾거나 머릿속에서 관념적으로 그린 결과가 아니다. 그의 시 쓰기는 성장 과정에서 그가 몸소 체험하고 관찰한 자연환경과 그것들로부터 자연스럽게 우러나온 정서들에 바탕을 두고 있다.

7
감나무 나무 속잎 나고
버드나무 실가지에 연둣빛 칠해지는 거,
아, 물찬 포강배미 햇살이 허물 벗는 거,
보리밭에 바람이 맨살로 드러눕는 거,

8
그 계집애, 가물가물 아지랑이 허리를 가진.
눈썹이 포로소롬 풋보리 같은.
그 계집애, 새봄맞이 비를 맞은 마늘촉 같은.
안개 지핀 대숲에 달덩이 같은.

9
유채꽃밭 노오란 꽃핀 것만 봐도 눈물 고였다.
너무나 순정적인 너무나 맹목적인
아, 열여섯 살짜리 달빛의 이슬의
안쓰러운 발목이여, 모가지여, 가슴이여.

— 〈막동리 소묘〉 부분

그래서였을까? 그는 어린 시절 고향에서의 체험과, 그 체험 속에서 그가 감각적으로 익혔던 사람들과 자연에 대한 기억을 담아 무려 185편에 이르는 〈막동리 소묘〉 연작을 발표한 바 있다. 각 연이 4행씩으로 맞춰진 이 시편들 속에서 그는 이제 막 세상에 대해 눈을 뜨기 시작했던 어린 시절, 그의 감성에 미묘한 파문을 던져주었던 고향 마을에서의 그 무수한 마주침의 순간과 장면들을 기억해내고 이들을 붙잡아 형상화해내는 데 주력하였다.

개인적으로 그는 이들 시편에 상당한 애착을 가지고 있다고 했다. 이는 그가 자신의 성장 과정에서 포착한 눈부신 자연의 풍광과 때 묻지 않은 사람들의 모습, 그리고 이들을 감싸 안은 조화로운 운행 질서와 화음들에 일찌감치 눈떴음을 의미한다. 어린 시절 자신을 둘러싼 이 모든 것들을 그는 그냥 범상하게 흘려버릴 수가 없었다. 이들은 모두 그에게 경이로운 신비로 다가왔다.

감나무의 속잎이 돋아나고, 실버들의 연둣빛이 더해지는 것, 그리고 햇살이 비친 포강배미의 수면과 보리밭에 부는 바람의 잔물결 따위는 시골에서 어린 시절을 보냈던 그에겐 모두 자연이 가져다준 선물이요 축복이었다. 그런 자연을 배경으로 삼아 풋풋한 그의 눈길을 사로잡았던 그 시절 한 계집애의 인상을 그는 뚜렷이 기억한다. 가공되지 않은 싱싱함을 간직한 그 상큼한 이미지를 그는 결코 잊지 못한다. 그리고 동시에 그 계집애를 마음속으로 연모했던 그 시절 자신의 청순하고 어리숙한 옛 모습을 그리워한다. 이 모든 자연의 풍경들, 그 속에서 생활하는 인간 삶의 순수한 모습들이 그가 지금까지 간직한 맑고 청아한 시심을 조직하고 형성하는 데 결정적인 기여를 하였음은 물론이다.

이러한 그의 시의 표정은 우리가 책을 통해서 이론적으로 배우고 익힌 시 쓰기의 감각이나 원리와는 전연 다르다. 원초적인 체험이 없이는 도달 불가능하고 설명조차도 불가능하다. 그러나 분명한 것은 이러한 시적 성취들이 또한 체험만으로 단순환원되지 않는다는 사실이다. 애써 기억 속에 보존하기 위해 노력하고 재차 스스로의 시심을 가다듬으며 적합한 표현을 찾기 위해 정진을 거듭해온 시인만의 고뇌의 시간이 없었더라면 또한 불가능한 일이었을 것이기 때문이다.

체험과 관찰, 기억과 회고를 위한 수련의 시간은 이 과정에서 그에게 시 쓰기와 별개가 아닌 하나이다. 그런 점에서 이 시간들은 그를 시인으로서 다시 태어나기 위해 바쳐진 잉태의 시간이요 출산의 과정이며, 성숙을 위한 예비조건들인 셈이다.

4.

잠시 화제를 돌려보기로 하자.

그와 좀 친분이 있는 사람치고 그가 그린 풀꽃 그림을 받아보지 않은 사람은 드물다. 그는 종종 깨끗한 종이에 정성스럽게 그린 풀꽃의 스케치와 그에 대한 감상을 담은 글들을 주변 사람들에게 보내 선물하곤 한다. 평범하다면 평범해 보일 수도 있는, 그러나 자세히 들여다보면 하나하나 그 나름의 세심한 의미가 담겨 있는 그림과 글들은 생활 틈틈이 그가 직접 그리고 써둔 것임은 물론이다.

그가 그린 대상은 화원에서 잘 가꾸어진 관상용의 크고 화려한 꽃들이 아니다. 길가에서 흔히 마주치게 되는, 그래서 유심히 눈여겨보지 않으면 모르고 지나쳐버릴 수도 있는 작고 이름 없는 풀꽃들인 경우가 대부분이다. 그런 풀꽃들을 그는 평소 하나하나 애정 어린 눈으로 지켜보았다가 짬이 나면 종이 위에 옮겨 그리는 식이다. 그럼으로써 그 풀꽃들에 새로운 의미와 생명력을 부여하고, 그와 관련된 감상을 다시 글로 옮겨 적어 소중하게 갈무리하는 작업들을 반복한다.

어쩌면 그의 시 쓰기도 이와 같은 것이 아닐까 한다. 사람들의 이목을 끄는 거창한 대상이나 주제들에 눈독 들이기보다는 일상적으로 마주치는 주변적인 소소한 풍경들, 그리고 사람들이 흔히 겪게 되는 평범한 상황들과 삶의 장면들에 주목한다. 그리고 그 속에 우리가 쉬이 발견하지 못하는 또 다른 의미와 원리들이 숨어 있음을 직감하고 이들에 정서적으로 다가서기 위해 노력한다.

봄이라고 집집마다
부서진 축대며 담장이며 수채를
고치고 바로잡는
망치소리 삽소리 부산합니다.
부서진 지구의 한 구석이 조금씩 새로워지고 있습니다.

봄이라고 빈방을 찾아
이사 가는 이삿짐들

골목마다 시끌벅적합니다.
이삿짐 속에 지난겨울 추위를
고스란히 견딘 꽃나무와 흙들이
화분에 담겨 따라갑니다.
지구의 한 부분이 어디론 듯 이사 가고
있습니다.

봄이라고 집집마다
쓰서리질하는 소리
먼지 털고 비로 쓸고 걸레로 닦아냅니다.
지구의 한 부분이 조금씩 깨끗해지고 있습니다.

— 〈변방(邊方)·34〉

그는 스스로를 중심에 위치시키려 하지 않는다. 변방의 시인을 자처하며 변방에서 새로운 희망의 싹을 찾고자 한다. 물론 이때의 중심이나 변방은 사회적인, 혹은 이데올로기적인 의미에만 한정되는 것은 아니다. 미학적인 함의까지를 더불어 함축하고 있다고 보아야 할 것이다.

그런 까닭에 그는 애초에 거창한 목표나 그럴듯한 구호로 사람들의 이목을 끄는 따위의 일을 별로 좋아하지 않는다. 다만 스스로의 작은 정성이 전체의 바람직한 변화와 발전을 위해 자그마한 기여를 할 수 있다면 그것으로 족하다고 생각한다. 위 텍스트에는 그런 그의 소박한 이상이 잘 드러나 있다. 마치 우리 주변에 널린 이름 모를 풀꽃과도 같이, 각자 마련된 위치에서 주어진 소임과 역할을 다한다면 그 자체만으로도 충분히 아름다운 모습일 수 있다는 점을 강조한다.

중심이니 변방이니 하는 개념 자체가 어쩌면 권력 지향적이고 이데올로기적인 인간사회의 본질과 그 속성을 적나라하게 반영하는 것이라고 하겠다. 어쩌면 이 지구상에 인간이 인간으로 살아가는 이상 이러한 개념들에 연루되거나 종속되지 않고 살아가기란 거의 불가능할 것 같기도 하다. 사회 전체의 변화는 물론 어느 한순간 급격하게 이루어지는 경우도 있다. 그런 경우엔 아무래도 직접 중심을 겨냥하여 뒤흔드는 급속한 변혁의 시도와 그 움직임들이 문제가 되게 마련이다.

그러나 분명한 것은 대개의 변화란 우리도 미처 알지 못하는 사이에 서서히, 조금 조금씩 이루어지는 경우가 더 많다는 사실이다. 어떤 의미에서는 그런 점진적인 변화가 더욱 바람직하다고 할 수 있다. 혼란도 적고 부작용 또한 크지 않기 때문이다. 일부 엘리트 구성원의 노력이 아닌, 많은 사람의 자발적인 헌신과 선택의 결과이며 그것의 결실이기에 더욱 그렇다. 자신의 작은 노력과 정성으로 지구 전체의 변화와 개선에 기여할 수 있다는 것, 그 변화와 개선에 대한 확신을 얻을 수 있다는 것은 거기에 참여한 모든 이들에게 행복한 느낌을 가져다준다.

이때 변방은 더 이상 변방이 아니며 중심은 더 이상 중심이 아니다. '지구의 한 부분'이 조금이라도 밝아지고 개선될 수 있으리라는 희망을 안고 살아가는 사람들과 그렇지 못한 사람들 간의 세계와 인생을 대하는 태도는 이처럼 확연히 다를 수밖에 없다. 그 차이에 주목하고 더 이상 과거와 같은 이분법적인 사고와 차별의식에 사로잡히기를 거부하는 데서부터 위 텍스트는 출발한다.

5.

그러고 보니 그는 한평생을 시골에 살며, 시골 초등학교의 교장 선생님으로 복무하다 교육현장에서 정년을 맞았다. 한때는 남들처럼 좀 더 큰 도시, 보다 번듯한 환경에서 근무하고 싶은 욕망도 전혀 없지는 않았을 것이다. 그러나 그는 굳이 무리를 해가면서까지 그러길 원하지 않았다. 오히려 그는 자신에게 주어진 지위와 역할에 감사하며 기쁜 마음으로 그것을 받아들이고자 했다. 그리고 맡은 바 자신의 소임을 다하는 것에서 삶의 보람과 행복을 찾았던 것이다.

아이들 몽당연필이나
깎아주면서
아이들 철없는 인사나 받아가면서
한세상 억울한 생각도 없이
살다 갈 수만 있다면
시골 아이들 손톱이나 깎아주면서
때 묻고 흙 묻은 발이나
씻어 주면서 그렇게
살다 갈 수만 있다면.

— 〈초등학교 선생님〉

시골 초등학교 선생님으로 여러 해 근무하는 동안 그의 시들은 점점 더 자연을 닮은 순수 동심의 세계에 가까이 다가선 듯이 보인다. 그런 그의 모습은 오늘날과 같이 약육강식과 적자생존의 정글 논리가 판을 치는 치열한 경쟁사회의 기준에서 볼 때는 시대에 한참 뒤떨어져 보이는, 전근대적인 한가한 발상에 속하는 것인지도 모른다.

그러나 무한경쟁을 통해 얻은 비교 우위의 확보만으로 우리의 성공이 측정되고 보장될 수는 없다. 마찬가지로 사회적인 성공 여부가 곧 개개인의 실질적인 행복지수와 직결되는 것도 아니다. 성공이나 행복이란 어디까지나 주관적이고 절대적인 개념이라서 남들과의 상대적인 비교의 결과로 얻어질 성질의 것은 아니기 때문이다. 위 텍스트에서 시인은 이 거칠고 험한 시대를 살아가는 우리에게 진정한 의미에서 인생의 성공과 행복이란 무엇이며 또한 그것은 어떤 방식으로 다가오는지를 되묻고 있는 듯이 보인다.

남들이 보기에는 충분히 성공했고 행복해 보이는 조건들을 두루 갖추고서도 스스로가 만든 족쇄에 갇혀 평생을 조바심과 우울 속에 보내는 경우도 있다. 그런 이들을 향해 그는 다시 자연으로 돌아가 인간 본연의 모습을 되찾기를 권한다. 자신처럼 시골에 살면서 초등학교 학생들의 철없는 모습과 때묻고 흙 묻은 손발을, 그리고 그들의 때 묻지 않은 순수함과 천진난만함을 가까이 다가가서 살필 기회를 가져보라고 권한다. 누가 뭐라 하건 그는 스스로 충분히 만족스러운 인생을 살아왔다고 자부하는 시골 초등학교의 교장 선생님이다. 그리고 동시에 초심을 잃지 않기 위해 노력하는, 동심의 세계에 가능한 한 오래도록 머물고픈 시인이다. 때 묻지 않은 천진난만한 아이들의 모습을 가까이하며 시심을 가다듬을 수 있다는 것은 그만이 누릴 수 있는 특권인 것이다. 인생에 대한 그의 만족, 성공과 행복의 척도가 바로 여기에 있다.

하긴, 성공이니 행복이니 하는 것도 다 인간이 만들어낸 부질없는 관념이며, 얼토당토않은 시대적 이데올로기의 부산물인지도 모른다. 대자연의 원리라는 거대한 틀 속에서 본다면 어차피 모든 것은 명멸하며 얽히고설킨 채로 돌고 돌기 마련이다. 제아무리 위대한 인간의 업적이라도 이런 시각에서 볼 때는 한낱 티끌만도 못한 흔적에 불과할 뿐이다. 해가 뜨면 지고 달이 차면 기울 듯이, 열국의 흥망성쇠와 개인 내면의 희로애락은 다 같이 인간사를 뒤덮는 끝없는 반복과 순환의 과정이다.

고개
고개 넘으면
청산

청산
봉우리에 두둥실
향기론 구름

또닥또닥
굴피너와집에
칼도마 소리//

볼이
붉은 그 아이
산처녀 그 아이

산제비꽃 옆
산제비꽃 되어
사네

산벚꽃 옆
산벚꽃 되어
늙네.

—〈산촌 엽서〉

위 텍스트를 대할 때 지용과 목월의 시풍이 떠오르곤 하는 것은 단지 나 혼자만의 생각일까? 동양적인 산수화의 이미지도 좋고 자연친화적인 주제나 배경도 좋다. 그러나 여기서 우리가 또한 주목하여야 할 부분은 우주 자연의 섭리에 순응하며 한세상 무리 없이 소탈하게 지내다 가려는 무위(無爲)의 인생관일 것이다.

자연이란 이 경우 인간의 길잡이이며 스승이다. 그런 자연의 모습에서 그는 세상사 모든 복잡다단함이 결국 인간 자신의 헛된 욕망과 미련한 이기심에서 비롯된 것임을 깨닫는다. 자연은 우리에게 그러한 철리를 끊임없이 반복적으로 환기하며 일깨워준다. 다만 인간이 그걸 바로 보지 못하고 무심하게 그냥 흘려보내 버릴 뿐이다. 일찍부터 이 사실에 눈을 뜬 그는 그런 큰 이치를 깨닫지 못한 채 맹목적인 태도로 근시안적인 목표에만 몰두하는 현대인들의 모습에 안타까움을 느낀다. 그리하여 그는 자연을 대신하여, 자신의 시 쓰기를 통해 그러한 자연의 이치를 우리에게 넌지시 일러주기 위해 노력한다.

위 텍스트 〈산촌엽서〉를 통해 그는 독자들로 하여금 자연이 들려주는 그런 유연함과 여유로움의 태도에 대해, 그리고 그 속에 내재하는 차분하지만 분명한 가르침의 의미에 대해 생각해볼 기회를 제공한다.

6.

그가 바라는 바람직한 삶의 모습은 또한 사람들 사이의 인정과 인간다운 온기를 느낄 수 있는 삶이다. 애써 완벽해지길 바라지 않으며, 완벽을 가장하지도, 그것 때문에 상심하거나 질투하지도 않는 삶이다. 모자라면 모자란 대로, 허술하면 허술한 대로 각기 그 나름의 존재 이유가 있고 의미가 있다. 그런 다양한 삶의 모습들이 한데 엉켜 어우러질 때, 그러면서 서로 간의 견제와 균형이 적절히 조화를 이룰 때, 비로소 그 사회의 건강은 유지된다.

마음 허하고
아무 곳에도 기댈 곳 없는 날은
비실비실 저녁 어스름 밟으며
시장 골목길 돌고 돌아

허름한 순댓국밥집 찾아들어라

문을 밀치고 들어서자마자
달겨드는 구숫한 음식 내음새
순대국밥 안주하여 막걸리나 소주 마시며
크게 떠드는 사람들의
이야기 소리 웃음소리
더러는 다투는 소리
그동안 내가 찾지 못하던
세상 살 재미들이 모두 여기
이렇게 깡그리 모여 있었구나

종일 두고 무쇠솥에 국물은 끓고
김은 피어오르고
시꺼메진 벽을 등에 지고 알은체
보일 듯 말 듯 웃음 웃는
주인 아낙네
순대국밥 마는 일 하나로 저토록
늙어버린 주인 아낙네
내가 그동안 잃어버린 미더운
사람 마음과 사람의 얼굴이
여기 와 이렇게 기다리고 있었구나

비록 그들은 날마다 삶에 지치고
생채기 받지만

저토록 씩씩하게 자신들의 하루를 잘
갈무리하고 있음이여!

—〈순댓국밥집〉

서민적인 삶의 표정과 모습들을 정감 어린 시선으로 포착한 시이다. 별로 잘날 것도 없고 잘나기를 굳이 바라지도 않는 그들 삶의 모습은 그러기에 더욱 씩씩하고 건강하다. 매일 매일 연이어 맞아야 하는 빡빡한 삶에 때론 지치기도 하지만, 그런 삶의 무게가 그들 내면의 건강함까지를 억누르며 훼손하지는 못한다. 그날 쌓인 피로를 시장통에 자리 잡은 허름한 순댓국집에서 국밥 한 그릇과 막걸리, 소주 한 병으로 날려버리고 하루의 일과를 정리하는 사람들의 모습, 여기저기서 들려오는 떠들썩한 이야기 소리와 웃음소리, 앉은자리에서 종종 일어나기도 하는 시비와 싸움조차도 그곳이 아니면 쉽사리 경험할 수 없는 세상 사는 재미에 속한다.

그게 바로 인생이다. 그 속에서 희로애락을 느끼며, 서로 부대끼며 지내는 가운데 시간이 흐르면 자연스럽게 늙어가는 것이야말로 우리 삶의 일반적인 모습이요 꾸미지 않은 생의 아름다운 얼굴이다. 순리대로 편안하게, 세상사의 원리와 이치에 따라 주어진 운명을 받아들이고 그것에 순응하며 사는 것, 그리고 어떤 경우에도 자신에게 주어진 삶의 의미를 긍정하며 지내는 것, 그런 삶의 태도야말로 우리 사회와 미래를 건강하게 밝혀주고 유지해주는 힘이 아닐까.

돈 가지고 잘 살기는 틀렸다

명예나 권력, 미모 가지고도 이제는 틀렸다
세상에는 돈 많은 사람이 얼마나 많고
명예나 권력, 미모가 다락같이 높은 사람들이 얼마나 많은가!
요는 시간이다
누구나 공평하게 허락된 시간
그 시간을 어디에 어떻게 써먹느냐가 열쇠다
그리고 선택이다
내 좋은 일, 내 기쁜 일, 내가 하고 싶은 일 고르고 골라
하루나 한 시간, 순간순간을 살아보라
어느새 나는 빛나는 사람이 되고 기쁜 사람이 되고
스스로 아름다운 사람이 될 것이다
틀린 것은 처음부터 틀린 일이 아니었다
틀린 것이 옳은 것이었고 좋은 것이었다.

—〈틀렸다〉

그렇다. 그의 말대로 세상에는 잘난 사람, 매력적이고 돈 많은 인간이 널렸다. 그러나 반드시 돈 많고 잘났다고 해서 그 삶이 마냥 즐겁고 행복하기만 한 것은 아니다. 요는 우리가 무엇에서 보람을 찾느냐일 것이다. 시인은 이때 중요한 것이 '시간'이며 '선택'이라고 말한다. 우리에게 허락된 한정된 여건을 유효적절하게 관리하고 배분할 때, 그리고 그 여건을 자신이 바라는 일들을 위해 소중하게 활용할 때, 우리는 그 속에서 자그마한 행복을 느낀다.

세속적인 기준에서 볼 때 우리 대다수는 완벽했어야 할 조

물주의 역부족이 빚은 실패작에 불과할는지 모른다. 그러기에 우리는 애초부터 글러버린 인생, 실패한 인생으로 시작해야만 하는 것인지도 모른다. 그러나 시인은 여기서 발상의 전환을 꾀한다. 인생에 있어 모든 조건이 완벽하다고 해서 그것이 곧 성공을 보장해주는 것이 아니듯이, 우리에게 주어진 무엇인가가 모자라고 부족하다고 해서 그게 곧 실패라는 등식은 성립되지 않는다. 어차피 정해진 인생이라면 그 속에서 무언가 스스로에 대해 뜻있는 일들을 해나갈 때 그리고 그 결과로 다른 무엇인가를 이룰 때 그 인생은 진정 아름다울 수 있는 것이다.

> 아내에게서 나는
> 비릿한 풀내음
> 딸아이한테서 나는
> 향긋한 풀꽃내음
> 그걸 향수로 지울 까닭이 없어서였었다
> 내 아내에게서 내 아내의 냄새가 나지 않으면
> 그녀가 어찌 내 아내일 수 있으며
> 내 딸아이에게서 내 딸아이의 냄새가 나지 않으면
> 그 아이가 어찌 내 딸아이일 수 있겠는가
> 나는 향수의 나라
> 프랑스 파리에 가서도
> 향수를 사지 않았다.
>
> — 〈나는 파리에 가서도 향수를 사지 않았다〉 부분

시인의 것 가운데는 드물게 도회적인 배경과 소재들을 담고

있는 텍스트다. 문제는 여기서 그가 그런 유행과 첨단의 도회적 분위기를 대하는 태도에 있다. 프랑스 하면 누구나가 문화와 예술의 본고장이라는 이미지부터 떠올린다. 그 수도인 파리는 두말할 것도 없이 유행과 최첨단의 대명사다. 그런 파리에 가면 평소 패션이나 명품 따위에 별 관심이 없는 사람이라 할지라도 한 번쯤 이런저런 브랜드의 매장들 주위를 기웃거려 보게 된다.

여성들에 대한 선물로 향수만큼 간편하고 효과적인 것이 또 있을까? 파리를 여행 중인 남자들이라면 누구나가 그런 생각을 해보았을 법하다. 그라고 특별히 예외일 까닭은 없다. 아내를 위해, 그리고 딸아이를 위해 향수 한 병쯤 사가서 선물하는 것도 꽤나 쏠쏠한 재미일 것이다. 그러나 그는 끝내 그러질 않았다. 돌이켜 생각해보건대 그건 아내와 딸아이에게서 평소 느끼는 고유한 체취를 억지로 지우는 행위라는 사실을 새삼 깨달았기 때문이다. 꾸미고 치장한 모습은 아내와 딸이 지닌 본래 모습이 아니다. 그는 원래대로의 아내가 좋고 딸아이가 좋다. 향수에의 욕망, 그것은 어차피 인공적으로 포장된, 그리고 강요된 욕망일 뿐이다. 인간 본연의 모습에서 비롯된 자연스러운 삶의 태도와는 거리가 멀다. 그는 그런 욕망의 인위적인 조작이 가져다줄 폐해를 경계한다.

7.

중요한 것은 그에겐 시 쓰기 자체가 삶의 일부이며 보람이요 의미라는 사실이다. 자신을 위한 작업인 동시에 자신의 흔적을 남기기 위한 작업이다. 그러므로 그에게 시 쓰기란 어디까지나 자족적인 행위이다. 거기에는 그 어떤 거창한 목표나 논리, 골치 아픈 이론도 개입할 여지가 없다.

두리번거리다가
한발 늦고

망설이다가
한발 늦고

구름 보고 웃다가
꽃을 보며 좋아서

날 저물어서야
울먹인 아이

빈손으로 혼자서
돌아온 아이

—〈시인〉

이런 그의 모습은 천진난만하다. 시인의 이상은 영원히 철이 들기를 거부하는 아이의 세계, 동심의 세계에 계속 머물고 싶어 하는 것인 듯하다. 어느 시인은 그런 그의 시심을 일러 '어른이 되어버린 동심'이라는 말로 에둘러 표현하고 있지만,

여기서 나는 그의 시가 모든 이들의 마음 깊숙한 곳에 자리 잡은 동심의 소재를 일깨워주는 효과를 간직하고 있다는 점을 지적하고 싶다. 그는 그런 동심의 세계를 다시 불러내기 위해서 시 쓰기의 과정에서 기꺼이 스스로를 퇴행시키는 시도들을 거듭한다. 그것은 우리 모두가 한때 머물렀다 떠나와야만 했던 낙원의 이미지, 그 영원한 마음의 안식처를 되찾기 위한 하나의 소박한 바람이다. 그리고 그런 점에서 그것은 다시 현실에 대한 작은 반역이다.

날마다 쓰는 시가
그대로 무덤인데
무슨 무덤을 또
남긴단 말이냐!

— 〈시인 무덤〉

시 쓰기는 날마다의 죽는 연습이라는 말이 있다. 시인이라면 누구나가 자신이 쓴 시를 통해 영생을 얻고 동시에 그 시 속에서 영예로운 죽음을 맞이하길 바란다. 이 점 나태주 시인의 경우에도 동일하다. 그러나 그는 자신의 시 쓰기가 오직 하나만을 위한, 최종적이고 거창한 목표를 위해 희생되는 것을 원치 않는다. 도리어 시 쓰기 행위 자체에서 즐거움을 느끼고 보람을 얻길 원한다. 그리고 그런 일련의 작업을 통해 자신이 꿈꾼 이상에 도달하기를 원한다.

그런 의미에서 그는 날마다 그 자신을 위한 작은 무덤들을 만들어나가고 있다. 그 무덤은 죽음 이후를 예비한 작은 기념

비이다. 누군가가 그 앞에서 그를 기억해줄 기념비들을 세운 이상, 그에게 또 다른 무덤이란 사치이다. 그만의 행복, 시인으로서의 참된 성공이 여기 놓여 있다.

김유중
문학평론가. 1965년 서울 출생. 서울대 국어교육과 및 동 대학원 국어국문학과 졸업(석사, 박사). 육군사관학교, 건양대학교, 한국항공대학교 교수를 역임했다. 1991년《현대문학》평론부문 신인 추천으로 등단. 저서로《한국 모더니즘 문학의 세계관과 역사의식》《김기림》《김광균》《김수영과 하이데거》등이 있다. 현재 서울대학교 국어국문학과 교수. chumdankim@hanmail.net.

제15회 유심작품상 시조부문 수상자

김제현

수상작 · 한세상 사는 법을 어디 가서 배우랴

심사평 · 시조를 한 단계 높인 김제현법

수상소감 · 빛나는 종장(終章)을 위하여

근작 · 헬스장에서 등 9편

자선대표작 · 풍경(風磬) 등 15편

등단작 · 도라지꽃

자술연보 및 연구서지

수상자론 · 충담 · 법담, 선지식의 노래 / 홍성란

김제현 / 1939년 전남 장흥 출생. 1960년 〈조선일보〉 신춘문예 당선으로 등단. 경희대 대학원(문학박사), 한양대 대학원 등을 졸업하고 경기대학교 교수로 정년 퇴임. 현재 경기대 명예교수. 조연현 문학상(평론), 월하시조문학상(학술), 한국시조대상, 중앙시조대상, 고산문학상 등 수상.

시조부문 수상작

한세상 사는 법을 어디 가서 배우랴

한세상 사는 법을
어디 가서 배우랴

망설이다 머뭇거리다
다 놓쳐버린 사랑이여

마음이 보이는 길을
어디 가서 찾으랴

—《좋은시조》 2017년 여름호

심사평

시조를 한 단계 높인 김제현법

나랏말씀이 이러하였다. 품으로는 우주를 담아내고 가락으로는 천지신명을 다 울리더니 마침내 시조에 이르러 얼, 말, 글이 하나 되는 목청을 열었다. 만해는 뉘신가. 나라가 무너져 말과 글마저 생매장당할 때 홀연히 일어나 한 손으로는 횃불을 들어 나라 찾기에 나서는 한편 한 손으로는 붓을 잡고 겨레 얼을 깨웠다.

《유심》 창간이 그 하나요, 《님의 침묵》이 그 둘이다. 그 뜻을 어찌 기리지 않으리오. 그 맥이 끊어진 지 한 세기 만에 무산 대종사의 법력으로 복간되어 문학사의 큰 산맥을 이루고 '유심작품상'의 탑을 세웠다.

올해로 열다섯 번째를 맞는 이 상의 시조 부문 수상작을 가리는 자리의 끝에 앉는 소회는 유달리 깊다. 그 까닭은 내가 시조에 첫발을 떼던 저 1960년대만 해도 시조문학상은 만날 수 없었다. 그러나 이제 가람, 노산을 비롯한 현대시조의 큰 산맥을 지어온 시인의 이름으로 주는 상이 곳곳에 자리 잡게 되었다.

그 가운데 '유심작품상'은 제정의 뜻으로나 수상자의 비중으로나 위상을 높여왔을 뿐 아니라 만해를 기리는 얼이 담겨 있으니 더욱 선고에 옷깃을 여미게 된다. 또한 처음 이 상의 원(願)을 세우고 주관하시면서도 막상 선고에는 국외자가 되시던 무산께서 올해는 심사위원으로 나서셨으니 이로써 화룡점정(畵龍點睛)을 이루게 되었다.

수상작인 김제현 시인의 〈한세상 사는 법을 어디 가서 배우랴〉는 시력(詩歷) 60년을 바라보는 원로가 이 나라의 산이란 산, 들이란 들, 강이란 강을 다 넘고 건너서, 가파르던 한 시대의 태풍과 폭우를 다 맞고 나서 이제 어느 한적한 초야에 묻혀 초(楚)나라 때 굴원(屈原)이 읊조리던 탁영(濯纓)이듯 조선조의 큰선비들이 냇가에 발을 담그던 탁족(濯足)이듯, 조요(照耀)한 관조와 마음을 비워낸 성찰의 한 끝에서 문득 뽑아낸 촌철살인(寸鐵殺人)이었다.

그래도 연작 네댓 수는 돼야지 단수는 좀 가볍지 않으냐고 혹자는 물으시겠지만, 천만에 모르시는 말씀. 시조는 생겨날 때부터 단수로 더 보탤 것도 뺄 것도 없이 완벽하게 짜여 있어 여기가 시조의 시작이고 끝인 것이다.

수상작 밖에도 여러 편의 단수들이 올라왔다. 대학 강단에서 영성한 시조이론을 넓혀가고 후진을 기름에도 남다르면서도 창작의 붓을 갈아오더니 이제 '김제현법' 하나를 터득했구나 하는 생각을 얻게 하였다.

한편 놀랍고 한편 부끄럽다. 놀랍기는 저 1960년대 초입에서 어깨동무했었는데, 오늘 보니 저만치 앞서가서 그림자도 보기 어렵게 된 것이요, 부끄럽기는 허튼짓에 붓방아만 찧다 뒤처진 내 꼴인 것이다. 고맙고 고마운 일이다. 경하하고 경하할 일이다.

심사위원 / 조오현 · 오세영 · 이승원 · 이근배(글)

수상소감

빛나는 종장(終章)을 위하여

시조에 입문한 이후, 나는 생명의식에 뿌리를 둔 삶의 본래적 의미를 탐색하며 시조를 새롭게 써보기 위해 노력해왔다. 그러나 요즈음 시적 긴장도 풀리고 정열도 식어, 시 쓰기가 힘들 때 상을 받게 되어 대단히 기쁘다.

더구나 '유심작품상'을 뜻밖에 받게 되어 더욱 흐뭇하고 뿌듯하기까지 하다. 그러나 한편으로는 면구스러운 마음을 감출 수가 없다. 천성이 게으른 데다 요즈음 나이 들면서는 열심히 쓰지도 않고, 또 쓴다 해도 일상적이고 사소한 일들에 재미를 붙이고 있어 별로 눈에 뜨이지 않는 작품들뿐인데 큰 상을 받게 됨이 실로 과분하기 때문이다.

굳이 수상의 연을 찾는다면 얼마 전 일체유심조(一切唯心造)에 기대어 구법(求法)을 노래해 본 시조, "한 세상 사는 법을/ 어디 가서 배우랴// 망설이다 머뭇거리다/ 다 놓쳐버린 사랑이여// 마음이 보이는 길을/ 어디 가서 찾으랴." 정도의 치기 어린 노래가 유심을 따르고자 하는 먼 문자적 인연이 아니었는가 싶다.

그러나 이 또한 궁색한 부회에 지나지 않는 것이며 만해 한용운 선생님의 문학적 업적을 기리고 그 높은 정신을 계승하고자 제정된 본 상의 취지나 목적에는 턱없이 모자라고 미치지도 못하는 작품들임을 솔직히 고백하지 않을 수 없다. 그럼에도 불구하고 수상의 영예를 안기어 영광스러운 자리에 서게 해 주신 조오현 큰스님과 졸작을 뽑아 주신 심사위원님들께 감사를 드리지 않을 수 없다.

거듭 감사를 드리며 이제부터라도 내 삶의 빛나는 종장을 위하여 열심히 쓰고 또 써 갈 것을 다짐해 본다.

김제현

근작

헬스장에서 등 9편

러닝머신을 타고 달린다
앞만 보고 달린다

뛰고 또 뛰었는데도
한 발짝도 못 나가는 주력(走力)

한종일 제자리걸음
타박타박 숨이 차다

눈을 뜨고 달렸는가
눈을 감고 달렸는가

한 걸음도 못 나가는
나의 주법(走法), 러닝머신

내려와 숨을 고른다
늙은이 허세도 접는다

—《월간문학》 2016.7

새가 되어 날다

어디로 떨어져야 할지 몰라 매달려 있던
나뭇잎 하나, 그렇게도 바람에 흔들리더니

포로롱 하늘을 난다
새가 되어 난다

— 시선집 《사투리》(2016)

나의 몫

세상에 어울려 살자니
속되고 헛된 일뿐

싫다 싫다 하면서도
기다리던 한세상은

끝끝내 만나지 못했네
기다림만 내 몫이었네

— 시선집《사투리》(2016)

무상

오는 듯 가버린 것이여
친숙한 낯섦이여

너 곧 아니더면
이 업을 어이하리

오늘도 멍청한 짓을
또 했구나 너를 믿고.

— 시선집 《사투리》(2016)

보이지 않아라

보이지 않아라
바라볼수록 보이지 않아라

하늘과 땅 아득하여
보이지 않아라

가까이 다가갈수록
사람들 보이지 않아라

— 시선집《사투리》(2016)

봄비

봄비가 촉촉이 밭고랑을 적시고 있다

봄이 와도 싹이 트지 않는 내 안의 들판

무엇을 심을 것인가

이 가뭇없는 삽질

— 시선집 《사투리》(2016)

여름밤에

— 별의 윤회

별들과 둘러앉아
잔술 나누는 밤.

저 멀리 별빛이 떨어진다
한 줌 재로 사라진다

사라져 어디로 가나
문득 반짝일 별 하나.

— 시선집 《사투리》(2016)

가을 일기

혼자 밥 먹고

혼자서 놀다

책을 읽다

깜박 졸다.

새소리에 깨어보니

새들은 간 데 없고

가을만 깊을 대로 깊었다.

나무들도 아픈가 보다.

— 시선집 《사투리》(2016)

겨울 산책길

햇살이 하도 좋아
산책길에 나섰다

희수(喜壽)를 막 지난 듯한
적송(赤松) 몇몇
마른 흙냄새.

좋아라 이승의 한나절
하릴없는 산책길.

— 시선집 《사투리》(2016)

자선 대표작

풍경(風磬) 등 15편

뎅그렁 바람 따라
풍경이 웁니다.

그것은, 우리가 들을 수 있는 소리일 뿐,

아무도 그 마음 속 깊은
적막을 알지 못합니다.

만등(卍燈)이 꺼진 산에
풍경이 웁니다.

비어서 오히려 넘치는 무상(無上)의 별빛.

아, 쇠도 혼자서 우는
아픔이 있나 봅니다.

— 시집 《무상의 별빛》(1990)

지는 꽃

춥고 가난스런
바람 손을 놓고

한 잎 한 잎
어제의
꽃잎이 떨어진다.

진실한 빛깔로 타던
그 하늘은
지금 침묵.

한 모금 물
찾던 눈 감기고
너무나 조용한 지상(地上)

무수히 내려 쌓이는
멀어져 간 전설은

고독이 띄우는
아픈
웃음의 음성이었다.

돌 · 1

나는 불이었다. 그리움이었다.
구름에 싸여 어둠을 떠돌다가
바람을 만나 예까지 와
한 조각 돌이 되었다.

천둥 비바람에 깨지고 부서지면서도
아얏, 소리 한번 지르지 못하는 것은
아직도 견뎌야 할 목숨이
남아 있음에서라.

사람들이 와 '절망을 말하면 절망'이 되고
'소망을 말하면 또 소망'이 되지만
억 년을 엎드려도 깨칠 수 없는
하늘 소리. 땅의 소리.

— 시집 《무상의 별빛》(1990)

우물 안 개구리

암녹색 무당개구리
우물 안에서 산다.

바깥세상 나가 봐야
패대기쳐져 죽을 목숨

온전히 보존키 위해
우물 안에서 산다.

짝짓고 알 슬기에
깊고 넉넉한 공간

이따금 두레박 소리에
잠을 설치고

별들의 전갈을 기다리며
눈이 붓도록 운다.

— 시집《우물 안 개구리》(2010)

몸에게

안다
안다
다리가 저리도록 기다리게 한 일.
지쳐 쓰러진 네게 쓴 알약만 먹인 일 다 안다.
오로지 곧은 뼈 하나로
견디어 왔음을.

미안하다, 어두운 빗길에 한 짐 산을 지우고
쑥국새 울음까지 지운 일 미안하다.
사랑에 빠져 사상에 빠져
무릎을 꿇게 한 일 미안하다.

힘들어하는 네 모습 더는 볼 수가 없구나.
너는 본시 자유(自遊)의 몸이었나니 어디로든 가거라.
가다가 갈 데가 없거든 하늘로 가거라.
(뒤돌아보지 말고)

산사행(山寺行)

눈이 내린다. 구봉산 한산사*가 눈에 덮인다.

한빛의 하늘과 땅, 너무 넓어서 너무 멀어서

갈 곳을 잃은 즘생[衆生]들 눈밭에 뒤척인다.

어찌 산공부 떠나야만 보살이 되랴 도사가 되랴.

한세상 살아가는 일 그 또한 만행(卍行)인 것을

땅속엔 풍뎅이 보살, 하늘엔 솔개 보살.

* 여수시 구봉산 소재의 절.

—《김제현 시조전집》(2003)

바람

바람은 처음부터
세상에 뜻이 없어

이날토록 빈 하늘만
떠돌아다니지만

눈 속의 매화 한 송이
바람 먹고 벙근다.

매이지 말라 매이지 말라
무시로 깨워주던

포장집 소주 맛 같은
아, 한국의 겨울바람.

조금은 안됐다는 듯
꽃잎 하나 떨구고 간다.

— 시집 《무상의 별빛》(1990)

그물

늙은 어부 혼자 앉아
그물을 깁고 있다.

매양 끌어 올리는 것은
파도 소리며 달빛뿐이지만

내일의 투망을 위해
그물코를 깁고 있다.

알 수 없는 수심(水深)을
자맥질해 온 어부의

젖은 생애가
가을볕에 타고 있다.

자갈밭 널린 그물에
흰 구름이 걸린다.

— 시집《무상의 별빛》(1990)

메주

한국의 여인들이
푹푹 속을 썩이고 있다.

못생겨서 못생겨서
그런 것은 아니다.

오롯한 그 장맛 하나
우려내고자 함이다.

시렁에 매달리어
바람 쐬는 메주들

트는 살 살 속 깊이
파고드는 푸른 날빛.

얼마를 더 삭이어야
다 떴다 이를 건가.

보행(步行)

나의 오랜 보행은
허공에 한 발.
지상에 한 발.

생애의 체적(體積)은
바람에 날리고

무시로 바닥이 닳는 발은
허공에 떠 있다.

뒤뚱 발이 기울면
따라 기우는 세상.

맥이 다 풀린 발은
무릎을 꿇는 비굴이 된다.

이윽고
발이 확인한 지상엔
딛고 설
하루가 없다.

— 시집 《산번지(山番地)》(1979)

달팽이

경운기가 투덜대며
지나가는 길섶

시속 6미터의 속력으로
달팽이가 달리고 있다.

천만 년 전에 상륙하여
예까지 온 것이다.

어디로 가는지
가야 하는지 알 수 없는 길을

산달팽이 한 마리
쉬임 없이 가고 있다.

조금도 서두름 없이
전속으로 달리고 있다.

— 시집 《풍경(風磬)》(2013)

가을 전언(傳言)

단풍이 하도 고와
핸드폰을 엽니다.

버튼을 눌러보지만
아무런 응답이 없습니다.

공연히 무안한 마음에
핸드폰을 닫습니다.

정년기(停年期)

세상이 나의 부실을
어떻게 알았는지

이마쯤 머물라 한다.
쉬엄쉬엄 가라 한다.

가쁘게 살아온 것이
잘못이었나 보다.

달인(達人)의 말

어느 달인은
마음을 비웠다 하고

또 어느 달인은
비울 마음조차 없다 하네

비움도 없음도 다 마음의 일
다독이며 사는 것을

무위(無爲)

비가 온다
오기로니

바람이 분다
불기로니

지상은 비바람에
젖는 날이 많지만

언젠간 개이리란다
그러나 개이느니

— 시집《무상의 별빛》(1990)

등단작

도라지꽃

뿔 여린 사슴의 무리
신화(神話)같이 살아온 산.

서그럭 흔들리는
몸을 다시 가눈 곳에

이 고장 마음 색 띠고
도라지꽃 피는가.

신음과 기도 위로
선지피 뚝뚝 듣던 산.

이대로 이울고 말
입상(立像)인가 말이 없이

먼 하늘 머리에 이고
도라지꽃 피었다.

—《현대문학》1963년

자술연보

• 1939년 전남 장흥군 대덕면 회진리 228번지(현 회진읍 연동)에서 부(父) 계인(桂仁), 모(母) 권씨(權氏) 학임(學壬)의 3남 3녀 중 장남으로 태어남. 본관은 김해(金海).

• 1944년 여수시로 이사하여 성장기를 이곳에서 보냄.

• 1952년 여수서초등학교 졸업. 5학년 때부터 축구 선수로 발탁되었으며 특별상(6년간 학업 성적이 3등 이내)을 받음으로써 입학금 면제 혜택을 받아 여수서중학교 입학 및 졸업.

• 1958년 여수고등학교 졸업. 졸업을 앞둔 1957년 10월, 전국학생미술전람회에서 서예부 특상 수상. 진학을 포기하고 친구집에 기식하며 보통고시 준비.

• 1959년 홍익대학 신문학과 입학. 장학생 선발 시험에 합격하여 진학할 수 있었으며 국문학과 〈시론 강좌〉 도강으로 박목월 선생님을 뵙게 되어 사사하게 됨.

• 1960년 〈조선일보〉 신춘문예에 시조 〈고지(高地)〉 입선. 군입대로 휴학(1961년 제대).

• 1961년《시조문학》추천완료.

• 1963년 경기(초급)대학 국문과 졸업. 중등학교 국어과 준교사 자격증 취득. 경희대학교 국어국문학과 편입. 《현대문학》 추천완료(1961~63).

• 1965년 경희대학교 졸업. 조병화 교수님 배려로 문화장학생으로 선발되어 졸업할 수 있었으며, 서정범 교수님의 주선으로 광운전자공업고등학교 교사로 부임.

• 1965년 한양대학교 대학원 국어국문학과 입학. 박목월 교수님의 시 창작 및 시학 지도를 받음.

• 1966년 첫 시조집《동토(凍土)》발간.

• 1967년 한양대학교 대학원 졸업(문학석사). 결혼.

• 1968년 서울 삼양동에서 장남 상범(尙範) 태어남. 광운전자학교 조교수로 전보되었으나 1970년 폐교로 실직 생활.

• 1970년 2남 상택(尙澤) 태어남.

• 1972년 3남 상균(尙均) 태어남. 서울 용문고등학교 교사로 부임.

• 1973년 광운전자공과대학 강사(1983년까지). 한국문인협회 이사 역임.

• 1975년 한양대학교 강사(1981년까지).

• 1979년 장안대학교 조교수 부임. 시조집 《산번지(山番地)》 출간.

• 1981년 정운시조문학상 수상.

• 1985년 한국시조학회(겨레시 운동본부) 창립회장.

• 1986년 가람시조문학상 수상. 한국문인협회 시조분과 회장 피선. 한국펜클럽 이사 역임. 《사설시조전집》 출간.

• 1987년 경희대학교 대학원 국어국문학과 입학. 서울여자대학교 출강.

• 1988년 《시조·가사론》 출간. 고경식 공저. 예전사.

• 1990년 경기대학교 부교수 부임. 경희대학교 대학원 수료(문학박사). 《무상의 별빛》 출간. 중앙일보시조대상 수상.

• 1992년 《시조시학》 창간, 발행인. 《이병기》 《시조문학론》 출간.

• 1996년 장남 상범 결혼. 자부(子婦) 김지연(金知姸) 맞음. 한국시조시인협회 회장 피선.

- 1997년 《현대시조평설》《사설시조사전》《사설시조문학론》(문화관광부 우수학술도서 선정) 출간. 조연현문학상(평론), 월하시조문학상(학술) 수상.

- 1998년 손주 형준(亨俊) 태어남. 《현대시조작법》 출간.

- 2001년 3남 상균 결혼. 셋째 자부(子婦) 조현순(趙賢順) 맞음.

- 2002년 둘째 손자 두호(杜澔) 태어남. 고향 천관산 문학공원에 〈돌〉 시비 건립.

- 2003년 《김제현 시조전집》(경기대학교 연구지원팀) 출간.

- 2004년 경기대학교 국문과 교수 겸 교육대학원장. 정년퇴임.

- 2008년 한국시조대상 수상.

- 2009년 셋째 손자 서준(序峻) 태어남.

- 2010년 고산문학대상 수상. 《우물 안 개구리》(고요아침) 출간. 영문 시조집 《Prayer》(고창수 역, 미국 Jainpublishing Company. Inc) 출판.

- 2012년 가람기념사업회장 역임.

- 2013년 한국대표명시선 100《풍경(風磬)》(시인생각) 출간.

- 2016년 단시조 전집《사투리》(책만드는집) 출간.

- 2017년《시조시학》발행인.

연구서지

김재홍 〈아름다운 그릇 속의 자유지향성〉《무상의 별빛》 해설, 민족과문학, 1990.

이지엽 〈순수와 화해와 자존(自存)의 내면 풍경－'절제의 지순한 길'〉《열린시조》 5호, 태학사, 1997.

김동근 〈사이의 시학, 그 변용과 실존의 텍스트〉《열린시조》 12호, 태학사, 1999.

박기수 〈생의 외경(畏敬), 겸허한 삶의 의미〉《문학과창작》. 1999.

박기수 〈청동의 속 깊은 울림－시인탐방〉《문학과창작》 1999.

강상희 〈떠남과 머무름의 순환, 그 균형과 절제의 미학〉《도라지꽃》 해설, 태학사, 2001.

이홍섭 〈우리 시의 정체성에 대해 질문해야 할 때－인터뷰〉《유심》 2001.

김동근 〈김제현론〉《한국현대시조작가론》 태학사, 2002.

박기수 〈김제현의 시조세계〉《열린시조》 만해사상실천선양회, 2002.

황은자 《김제현 시조문학 연구》 한국교원대학교 대학원 석사논문, 2003.

고명철 〈자유로움의 참가치와 관계성의 미학〉《백제의 돌》 해설, 고요아침, 2004.

이지엽 〈무위에서 건져 올린 선적 고결함과 격조〉《한국현대시조작가론》 태학사, 2007.

박찬일 〈휴머니즘, 무한 긍정의 시편들〉《시조월드》 2008.
유성호 〈인간 존재에 대한 구경적 탐색〉《시조월드》 2008.
이정환 〈흰 구름에 걸린 깊고 아득한 그물의 시학〉《시조월드》 2008.
박철희 〈전통과 개인의 결합 – 김제현의 시조세계〉《유심》 2010.
나민애 〈시인 지지 선언서〉《문학과사상》 2013.
유성호 〈시조미학을 통한 존재론적 근원의 탐구〉《한국시조시학회》 4호, 2014.
유순덕《현대시조에 나타난 형식미학과 생명성 연구-이병기, 조운, 김제현, 조오현을 중심으로》 경기대학교 대학원 국문학과 박사논문, 2014.
유순덕 〈김제현 시조에 나타난 시적 상상력과 생명의식〉《한국시조시학회》 4호, 2014.
이송희 〈현대시조의 '현대적 혁신'-김제현론〉《한국시조시학회》 4호, 2014.
이정환 〈실존의식과 존재론적 사유의 세계〉《한국시조시학회》 4호, 2014.

김제현론

충담·법담, 선지식의 노래

홍성란

한 시인의 시인론을 쓴다거나 작품론을 쓴다는 일은 그 시인에게 감염되는 일이다. 박재삼 시인 타계 직후 곧바로 박재삼을 탐독하며 그에 감염되어버린 기억이 생생하다. 지병이 악화되어 죽음에 직면한 시인이 묘사하던 죽음 이미지의 변모는 유원(幽園)한 박재삼 시세계가 던지는 충격 이상의 충격이었다. 그 충격과 한없는 연민으로 글을 쓰며 지적 충일을 넘어 감정의 소용돌이에 휘말려야 했다.

이 글쓰기도 그렇다. '삶의 질곡을 걸어오면서 겪은 참담한 경험들'(〈책머리에〉《김제현 시조전집》 2003)로 묘사한 시인의 전기적 사실이, 그 질곡과 참담을 헤쳐 나아가는 마음의 일과 몸의 일을 반추하게 하고 연민과 동경의 정으로 침잠하게 하는 것이다. 침잠하되 결국 그 질곡과 참담을 딛고 일어선 대방가의 활연(豁然)한 시적 경계(境界)와 기품에 합장 돈수(頓

首)하는 것이다. 글은 감발 감심에서 나온다. 글은 손이 쓰는 게 아니라, 마음이 쓴다. 그 합장 돈수하는 마음으로 글을 쓴다.

생활과 시

시인은 이미 '삶과 유리된 시는 기만이거나 유희일 텐데 그것은 용납할 수 없다'(박기수 〈청동의 속 깊은 울림〉《김제현 시조전집》)고 선언한 바 있다. 여기서 그의 전기적 사실을 열람하기로 하자.

박기수의 글에 따르면 어린 제현은 농사짓기 싫어했던 선친을 따라 장흥에서 여수로 이주한다. 행상으로 시작하여 주물공장, 모기약 공장 등을 운영하던 여수 생활은 비교적 풍족했으나 '여순 반란 사건'이 터지고 공장을 화마에 앗긴 뒤, 재기를 시도하지만 또 '6·25전쟁' 발발로 공장은 잿더미가 된다. 남은 건 어머니와 어린 6남매. 제현은 초등학교 5학년. 궁핍한 가운데 장학금을 받고 진학했으나 소년 가장은 산에서 나무를 해다 팔아 어린 동생들을 거두며 자퇴와 복학을 반복한다. 가정교사도 하고 '세상에 빚'을 지며 학업을 잇던 제현의 궁핍은 장학금을 주는 홍익대학교 신문학과에 진학하게 한다. 이때 국문과 교수 박목월을 만나 사제의 연을 맺는다. 시조를 쓰겠다는 학생에게 목월은 왜 시조를 쓰느냐 물었다. 제현은 '시조가 처져 있는 것 같아 이를 새롭게 써보고 싶다'고 했다. 목월은 '가람의 언어가 감각적이고 정신이 높으니 잘 배워서 새롭게 혁신시켜 보라'고 했다. 엄격하고 혹독한 지도를 받으며 '너는 뭐를 해도 되겠다'는 목월의 말씀에 1960년 〈조선일보〉 신춘문예에 도전, 〈고지(高地)〉로 입선(이은상 심사)한다. 제대하고 돌아와 보니 홍익대학교가 중앙대학교 신문학과와 통합되는 바람에 등록금 면제를 인정해주지 않았다. 생활고로 교사자격증이라도 받아 취직해야겠다는 생각에 경기대학교에 진학하지만 취업은 되지 않는다. 사정을 들은 조병화 선생이 시를 열심히 쓰라는 조건으로 경희대학교 국문과 3학년에 장학생으로 편입시켜 준다. 이때부터 학업도 시업도 순조롭게 풀리기 시작했다. 당시 경희대학교에는 조태일, 조해일, 조세희, 이성부, 박이도, 김용성, 전상국 등이 있었고 이들과 교우를 맺게 된다. 졸업을 앞두고 서정범 선생의 주선으로 광운공업고등학교 교사로 취직한다. 경제적 안정으로 경희대 대학원에 지원하고 합격인사차 목월을 찾았을 때 '자네는 나랑 같이 공부했으면 했'다는 말씀에 한양대 대학원 시험을 쳐 합격한다. 이 일로 시인을 많이 아끼셨던 경희대 은사 조병화 선생이 몹시 서운해했다. 1979년 황순원 선생의 추천으로 장안전문대학으로 자리를 옮겼다가 1990년 경기대학교 교수가 된다.

이렇게 건조하게 전기적 사실을 돌아보았지만, 나의 뜻과는 상관없는 '궁핍'으로 '세상에 빚'을 지며 살아온 그 '질곡과 참담'의 행간에는 얼마나 많은 이야기가 숨어 있을까. 첫 시조집 《동토(凍土)》(1966)에 보이는 박재삼의 발문과 같이 김제현은 '과묵한 편'이요, '보다 조심스러운 편'으로 '행동양식은 은인자중'하였고 '사고방식은 온건한 중용'의 도를 지녔다.

〈도라지꽃〉에서 〈산사행〉까지 삶의 의미를 찾아 실로 먼 길을 비척거리며 걸어왔다. 삶의 의미를 찾았는지 못 찾았는지는 알 수 없지만 이제 하나둘… 의문을 내려놓고 주위를 둘러본다. 물음이 대답이었고 대답이 물음이었던 존재들, 모두가 고맙고 소중하고 아름답다. 좀 더 열심히 써야겠다.

2013년 발간한 한국 대표명시선 100《풍경》에서 한 '시인의 말'이다. 찾았으되 찾았는지 못 찾았는지 알 수 없다는 경계. 물음이 대답이었고 대답이 물음이었다는 경계. 우리는 가끔 하늘도 무심하다는 말을 한다. 그렇다. 하늘은 무심하다. 물어도 대답하지 않는다. 천지불인(天地不仁), 하늘은 사람의 일을 건드리지 않는다. 사람의 기분에 따라 하늘이 감동했다느니, 하늘도 무심하다느니 하는 것이다. 구하되 구할 것이 없다는 것을 몸으로 증득한 이치다. 그러나. 물음은 청법(請法)이요, 대답은 청법(聽法)이 될 것이니 시인은 끝없는 구법여행을 가는 수행자요, 견자이다. 삶의 의미를 찾아 실로 먼 길을 비척거리며 살아온 여정은 구법의 여정이다. 그 가운데 의문을 내려놓고 주위를 둘러보는 욕심 없고 담담하여 평화로운 시인의 예술혼은 충담(沖淡)의 풍격에 가깝다.

시인의 풍격으로서《이십사시품》이 말하는 충담은 '세속에 물들지 않고 소박하게 살아가는 고상한 취미를 지닌 사람을 평하는 말'이었다가 '인격미를 표현하는 미학 용어'가 되었다(이하 시품은 안대회의《궁극의 시학》참조). 충담은 비어 있다는 충(沖)과 담담하다는 담(淡)의 조합이다. 충담의 예술혼을 가진 시인은 '소박하게 생활하고 묵묵히 침묵'을 지킨다. 그런 생활 가운데 천기(天機) 즉, '자연과 사물의 미묘한 변화를 민감하게 받아들여 예리하게 포착'한다. 포착하되 묵묵히 침묵을 지키듯 꾸미지 않고 투박하게 드러낸다. '삶과 유리된 시는 기만이거나 유희'로 보는 만큼 제현의 풍격은 생활 가운데 묘파한 천기, 충담 그 자체다.

뿔 여린 사슴의 무리
神話같이 살아온 산.

서그럭 흔들리는
몸을 다시 가눈 곳에

이 고장 마음 색 띠고
도라지꽃 피는가.

신음과 기도 위로
선지피 뚝뚝 듣던 산.

이대로 이울고 말
立像인가 말이 없이

먼 하늘 머리에 이고
도라지꽃 피었다.

— 〈도라지꽃〉《현대문학》(1963년, 등단작)

시인이 의도했건 하지 않았건 도라지는 기품, 성실을 꽃말로 가지고 있다. 소박하고 단아한 모습이 외려 발길을 끄는 도라지꽃은 지금보다 더 자주 삶의 언저리에서 마주치는 꽃이었을 것이다. 전란의 고통 속에서도 이 나라 "이 고장"이 지녀야 할 당위를 노래한 〈도라지꽃〉. 이 고장은 본시 "뿔 여린 사슴의 무리"가 "신화(神話)같이 살아온" 아름다운 고장이었으니 마땅히 "먼 하늘 머리에 이고/ 도라지꽃 피"는 평화로운 정경이 도래해야 한다는 염원을 담담히 드러낸다.

충담, 상(相) 너머 상(相)

박재삼의 수사대로 김제현의 '세상을 살고 사람을 대하는 태도'는 늘 과묵하고 조심스럽다. 은인자중, 하고 싶은 말을 마음속에 두고 견디면서 신중에 신중을 거듭하는 삶의 태도를 보이는가 하면, 온건 중용, 사리에 맞고 건실하여 치우치지 아니하니 떳떳함을 보인다. 어떠한 경우에도 흔들리지 않고 치우치지 않으려는 삶은 보행을 어렵게 한다.

나의 오랜 보행은
허공에 한 발.
지상에 한 발.

생애의 體積은
바람에 날리고

무시로 바닥이 닳는 발은
허공에 떠 있다.

뒤뚱 발이 기울면
따라 기우는 세상

맥이 다 풀린 발은
무릎을 꿇는 비굴이 된다.

이윽고
발이 확인한 지상엔
딛고 설
하루가 없다.

—〈보행(步行)〉《산번지(山番地)》(1979)

"생애의 체적(體積)"이 "바람에 날리"다니! 60여 년 동안 삶의 질곡을 걸어오면서 겪은 참담한 경험들이 "뒤뚱 발이 기울"게 했으리. 기울면 기우는 대로 "맥이 다 풀린 발은/ 무릎을 꿇는 비굴"이 된다. 타협하지 않는 자존이 홀로 마음의 무릎을 꿇게 했으리. "비굴"이라 했으나, 꼭 용기나 줏대가 없어서 굽히는 것은 아니다. 하고 싶은 말을 마음속에 두고 견디면서 신중에 신중을 거듭하는 '방편'이겠다. "이윽고/ 발이 확인한 지상엔/ 딛고 설/ 하루가 없다"는 경계. 딛고 설, 없는 하루를 굳이 구하려 하지 않는 경계.

비가 온다
오기로니

바람이 분다
불기로니

지상은 비바람에
젖는 날이 많지만

언젠간 개이리란다
그러나 개이느니

—〈무위(無爲)〉《무상의 별빛》(1990)

비는 왜 오고 바람은 왜 부는지. 그것을 다만 원인과 조건이라는 인과관계로 묻지 말 것. 무위(無爲)는 '현상을 떠난 절대적인 것'으로, '생멸의 변화를 넘은 상주절대(常住絶代)의 진실'이다. 그저 비가 오면 오는 것이고, 바람이 불면 부는 것이다. 세속의 삶이 아무리 "비바람에/ 젖는 날이 많"다 해도 "언젠간 개이리"라 본다. 개다가는 또 젖을 것이고 그렇게 젖는 날이 많아 일평생 젖어 살 것 같지만 "그러나 개이느니"라며 변하지 않는 것은 없다는 무상(無常)의 진리 또한 상주절대의 진실이라고 어떠한 치장도 없이 설하고 있지 않은가.

비가 오고 바람이 분다.
그것은 오늘의 날씨.//

신발을 적시며
지나가는 사람 몇……

내일은 개인다지만
그 또한, 지상의 날씨.

때를 묻히면서
세상을 알게 되고

눈이 흐려지면서
밝아오는 이치의

적당히 흐린 눈으로
밖을 보는 우일.

—〈우일(雨日)〉《무상의 별빛》(1990)

비가 오고 바람이 부는 것은 건드릴 수 없는 자연(自然)이다. "개인다"는 것 또한 인위(人爲)로는 가릴 수 없는 자연이다. "그것은 오늘의 날씨"일 뿐 인간의 한계는 그를 건드릴 수 없다.

마땅히, 이 지상의 모든 살아 있는 것들은 살고자 하는 생명욕을 가지고 있다. 그런데 이 유한한 생명도 자연이요, 살고자 하는 생명욕도 자연현상이다. 이 한계는 생자필멸(生者必滅)로 대변되지 않는가. 이 생자필멸이 두려움을 낳는다. 죽지 않고 살아야겠다는 욕망. 이 살아야겠다는 생존욕이 어떻게 하면 더 잘 살 수 있을까를 생각하게 하고 더 잘 사는 길을 도모하게 한다. 그 길 위에서 우리는 "때를 묻히"게 되고 그렇게 때를 묻히는 부끄러움과 뉘우침 속에서 "세상을 알"아 가게 되는 것이다. 이렇게 때를 묻히며 살아가는 동안 우리의 "눈이 흐려지"는 것이다. 이는 생물학적 퇴영이기도 하지만 그 가운데 "밝아오는 이치의// 적당히 흐린 눈"을 가지게 하기도 한다. 적당히 흐린 눈은 어쩌면 분별심을 없애는 회광반조(廻光返照)의 지혜 아닐까. 회광반조. 지혜의 빛을 발하여 자기를 반성하고 진실한 자신을 발견하려는 견자의 노회(老獪)한 시선이라면 어떨까.

바람은 처음부터
세상에 뜻이 없어

이날토록 빈 하늘만
떠돌아다니지만

눈 속의 매화 한 송이
바람 먹고 벙근다.

매이지 말라 매이지 말라
무시로 깨워주던

포장집 소주 맛 같은
아, 한국의 겨울바람.//

조금은 안 됐다는 듯
꽃잎 하나 떨구고 간다.

—〈바람〉《무상의 별빛》(1990)

"떠돌아다니"며 어디에도 "매이지 말라"는 바람의 존재성으로 보면, 집착하지 말라는 은유다. 어디에도 매이지 않겠다는 결기. 집착을 떨쳐버렸다는 건 얼마나 독하고 쓸쓸한 이야기인가. 그러나 "이날토록 빈 하늘만/ 떠돌아다니"는 바람이지만 그 "바람 먹고" "눈 속의 매화"는 "벙근다." 이처럼 충담의 풍격은 쓸쓸하나 따뜻함을 잃지 않는다. "조금은 안 됐다는 듯/ 꽃잎 하나 떨구고" 가는 것이다.

뎅그렁 바람 따라
풍경이 웁니다.

그것은, 우리가 들을 수 있는 소리일 뿐,

아무도 그 마음 속 깊은
적막을 알지 못합니다.

卍燈이 꺼진 산에
풍경이 웁니다.

비어서 오히려 넘치는 無上의 별빛.

아, 쇠도 혼자서 우는
아픔이 있나 봅니다.

―〈풍경(風磬)〉《무상의 별빛》(1990)

"비어서 오히려 넘치는 무상(無上)의 별빛"은 무얼까. "만등(卍燈)이 꺼진 산에/ 풍경"은 "뎅그렁", 울고 빈 하늘에 한 떨기 별빛은 더할 수 없이 영롱하게 빛나고 뎅그렁, 소리는 다만 "우리가 들을 수 있는 소리일 뿐," 소리 너머의 소리는 무얼까. 안이비설신의(眼耳鼻舌身意). 뎅그렁, 이 육근으로 그려낼 수 있는 '상(相) 너머 상'은 무얼까. "아무도 그 마음 속 깊은/ 적막을 알지 못"하리. 오직 모를 뿐. 오직 모를 뿐이어서 아프다. "아, 쇠도 혼자서 우는/ 아픔이 있나" 보다고 말할 수밖에 없는 경계. 여기 상 너머 상이 있다. 뎅그렁, 우는 풍경의 소리는 다만 우리가 들을 수 있는 소리일 뿐. 견자는 아무도 그 마음속 깊은 적막을 알지 못하는 상 너머 상을 육안을 넘어선 심안으로 조견(照見)하여 우리의 무명(無明)을 밝히는 건 아닐까.

늙은 어부 혼자 앉아
그물을 깁고 있다.

매양 끌어 올리는 것은
파도소리며 달빛뿐이지만

내일의 투망을 위해
그물코를 깁고 있다.//

알 수 없는 水深을
자맥질해 온 어부의

젖은 생애가
가을볕에 타고 있다.

자갈밭 널린 그물에
흰 구름이 걸린다.

— 〈그물〉《무상의 별빛》(1990)

모르고 모를 뿐. 인생의 도(道)는 "알 수 없는 수심(水深)"과 같아서 모르고 모를 뿐인 우리의 생활은 끝없는 "자맥질"이다. 우리는 너나없이 "혼자 앉아" "내일의 투망을 위해/ 그물코를 깁"는 "늙은 어부"다. "매양 끌어올리는 것은/ 파도소리며 달빛뿐"이라는 구절과 "자갈밭 널린 그물에/ 흰 구름이 걸린다"는 구절을 두고 우리는 시적 표현이라 한다. 그물로 끌어 올릴 수 없는 것들을 끌어 올리고, 그물에 걸릴 수 없는 흰 구름이 걸린다는 언어를 초월한 경계는 고착된 상을 해체하고 새로운 상을 창조하는 견자의 노래다.

변조, 싱싱한 자유

박목월은 《동토(凍土)》의 서문에서 "그의 첫 작품은 가람의 섬세하고 정밀한 언어 조탁에 비하면 거칠기는 하여도 싱싱하고 노산의 나긋한 감상과 재치 있는 솜씨에 비하면 무척 건조하고도 직선적이기는 하지만 언어구사가 대담하고 자유스러우며 골격이 든든한 작품"으로 평가했다. 이어서 "그가 염원하고 지향한 대로 시조의 현대적인 혁신을 위하여 매진하"였고 가람처럼 "난초(蘭草) 따위의 고루한 취미나 자연"을 다루기보다는 그를 "의식적으로 회피하며 보다 예리한 현대적 의식으로써 생활에 밀착된 면에서 시조의 새로운 영역의 개척에 노력"한 공로를 인정했다. 아울러 제현의 이러한 노력과 염원은 "시조로서 여러 가지 문제성을 안고 있"다고 보면서도 "그의 이러한 노력과 추구가 시조시단에 새로운 기풍을 불어넣은 사실만은 누구나 인정하게 될 것"이라고 평가했다.

앞서 우리는 제현의 예술혼을 충담의 풍격으로 논의했다. 제현의 충담은 목월의 이 서문에서도 드러난다. 거칠기는 하여도 싱싱하고, 무척 건조하고도 직선적이지만 언어구사가 대담하고 자유스러우며 골격이 든든한 시경. 예리한 현대적 의식으로써 생활에 밀착된 면을 구사하는 시풍. 이 같은 목월의 술회는 화려함과 번잡이 없고 조탁한 느낌이 없는 투박함과 무욕 무작위의 시적 태도로서 충담의 풍격을 지시한다. 충담의 풍격은 '세속의 공리적인 속박에 찌들지 않고 자유롭고 평화롭게 살아가는 멋'에 있다. 제현의 이 매이지 않는 정신의 자유가 거칠고 싱싱하고 대담한 혁신적 시조를 창작하게 했을 것이다.

제현은 시조의 대중성은 시조의 운율에서 비롯되며, 시조의 운율은 생태의 리듬과 일치하기에 자연스럽고 친근하다고 했다(박기하, 앞의 글).

나는 불이었다. 그리움이었다.
구름에 싸여 어둠을 떠돌다가
바람을 만나 예까지 와
한 조각 돌이 되었다.

천둥 비바람에 깨지고 부서지면서도
아얏, 소리 한번 지르지 못하는 것은
아직도 견뎌야 할 목숨이
남아 있음에서라.

사람들이 와 '절망을 말하면 절망'이 되고
'소망을 말하면 또 소망'이 되지만
억 년을 엎드려도 깨칠 수 없는
하늘 소리. 땅의 소리.

—〈돌·1〉《무상의 별빛》(1990)

이 작품은 장 단위, 4음4보격 16음절(16모라: mora는 음절, 장음(−), 정음(∨)을 수렴하는 개념으로 1모라는 1음절 정도의 음량을 갖는다)의 음량을 가지는 평시조이다. 파격인가, 자유시인가. 논란을 부를 사람은 논란을 부를 수도 있다. 그러나 이 작품은 시조 율격 위에서 제현의 자유롭고 자연스러워 다채로운 리듬 의식을 여실히 보여준다. 이를 편의상 장 단위 발화로 재편하여 율격 마디를 분할해 본다.

나는−∨ | 불이었다. ‖ 그리움− | 이었다.∨

구름에－ | 싸여－∨ ‖ 어둠을－ | 떠돌다가
바람을 | 만나 예까지 와 ‖ 한 조각 돌이 | 되었다.∨

천둥－∨ | 비바람에 ‖ 깨지고－ | 부서지면서도
아얏,－∨ | 소리 한번 ‖ 지르지－ | 못하는 것은
아직도 | 견뎌야 할 목숨이 ‖ 남아 있음 | 에서라.∨

사람들이 와 | '절망을－ ‖ 말하면－ | 절망'이 되고
'소망을－∨ | 말하면－ ‖ 또 소망'이 | 되지만∨
억 년을 | 엎드려도 깨칠 수 없는 ‖ 하늘 소리. | 땅의 소리.

〈돌·1〉은 심오한 인연(因緣)을 노래하고 있다. 불교적 관점에서, 모든 존재는 인과 연의 결합으로 형성되는 연기적 흐름 가운데 있다. 이 중중무진(重重無盡)의 연기(緣起)로서 '나'라는 존재는 '불→그리움→구름→어둠→바람→돌'로 윤회하고 있으니 그것은 일체 일원상(一圓相)을 그리는바. 언제 다시 깨지고 부서져 무엇이 될지 모를 뿐이지만 지금은 "사람들이 와 절망을 말하면" 들어주고 "소망을 말하면" 들어주며 절망이 되었다가, 소망이 되었다가 다만 "견"디고 견디는 "돌"이다. 중중무진의 연기는 "억년을 엎드려도 깨칠 수 없"으니 모르고 모를 뿐. 모르고 모를 뿐이다.

앞서 살핀, 율격 마디의 분할기준은 첫째로 등가성을 기준으로 하는 율격적 단위로 나눈다. 둘째로 의미 내용의 응집력을 가지는 의미적 단위로 나눈다. 셋째로 문법적 의미를 가지는 통사적 단위를 기준으로 나눈다. 이러한 기준으로 위와 같

이 율격 마디는 분할된다. 우리 시가는 4모라를 기준으로 하는 율격 마디를 가지는데, 한 번 호흡으로 가능한 기식의 단위, 곧 호기군은 5모라까지 가능하다(성기옥). 고시조에서도 이러한 양상은 흔히 볼 수 있다. 그렇다면 문제가 되는 것은 "부서지면서도"라는 둘째 수 초장의 4번째 마디다. 이 경우 기준음량보다 2모라 정도의 음량을 넘어선 파격을 보이지만 이러한 경우는, 촉급하게 불러 무리가 없었다는 것을 고시조에서 쉽게 확인할 수 있다.

기울계 | 대니거니 ᄯᆞ나 ‖ 죡박귀 | 업거니 ᄯᆞ니

—《청진》松江 062 초장

酒客이 | 清濁을 ᄀᆞᆯ희랴 ‖ ᄃᆞ나 ᄡᅳ나 | 마고 걸러

—《청진》三數大葉 421 초장

山 절로절로 | 水 절로절로 ‖ 山水間에 | 나도 절로절로

—《청진》樂時調 462 중장

인용한 고시조는 김천택의 《진본 청구영언》(1728)에서 옮겼다. 술 좋아하는 송강의 작품은 하고 싶은 대로 말한 일상담화를 자연스럽게 노래에 얹었다. 이것이 시조이고 시조의 율격인 것이다. 삼삭대엽에 오른 421번 역시 술 좋아하는 이의 노래다. 청탁을 가리지 않고 다 마시겠다는 노래이고 보니 더 가릴 것 없이 말하는 대로 노래가 되는 것이다. 이것이 시조다. 462번의 경우도 자연 속에 자연으로 살겠다는 마음을 아

주 자연스럽게 노래하고 보니 가릴 게 없다. 5음절도 좋고 6음절도 좋아, 사설시조는 아니어도 살짝 파격을 한 여유가 낭창거리는 노래를 만들었다.

제현의 말대로 시조 선현들은 시조를 "자연스럽고 친근"한 우리 일상의 말을 그대로 써서 "생태의 리듬과 일치"하게 했던 것이다. 이것이 바로 '시조의 대중성'을 불러올 수 있는 '자연'스러운 이치인 것이다. 과문한 견해일 수 있으나, 당시에 이 핵심을 파악하고 시조를 쓰는 시인은 거의 없다고 본다. 따라서 당대의 목월은 "시조로서 여러 가지 문제성을 안고 있"으면서도 제현의 "이러한 노력과 추구가 시조시단에 새로운 기풍을 불어넣은 사실만은 누구나 인정하게 될 것"이라고 했다.

눈이 내린다. 구봉산 한산사가 눈에 덮인다.

한빛의 하늘과 땅, 너무 넓어서 너무 멀어서

갈 곳을 잃은 즘생[衆生]들 눈밭에 뒤척인다.

어찌 산공부 떠나야만 보살이 되랴 도사가 되랴.

한세상 살아가는 일 그 또한 卍行인 것을

땅속엔 풍뎅이 보살, 하늘엔 솔개 보살.

— 〈산사행(山寺行)〉《김제현 시조전집》(2003)

한산사는 여수시 구봉산에 있는 절이다. 《풍경》에서 한 '시인의 말'대로 삶의 의미를 찾아 실로 먼 길을 비척거리며 살아온 시인의 여정이 보인다. 아니 구법행이 보인다. 삶의 의미를 찾았는지 못 찾았는지는 알 수 없지만 이제 하나둘, 의문을 내려놓고 주위를 둘러본다는 시인. 물음이 대답이었고 대답이 물음이었던 모든 존재들. 내 앞의 모든 이들이 고맙고 소중하고 아름답다는 인식. 그러면서 좀 더 열심히 시를 써야겠다는 발심. 청법(請法)이고, 청법(聽法)이다.

〈산사행(山寺行)〉은 자유로운 정신의 기개와 시조 운용의 맛과 멋을 아무렇지도 않게, 허리 구부려 줍듯 건져 올리고 있다.

> 눈이 내린다. | 구봉산— ‖ 한산사가 | 눈에 덮인다.

통사단위를 포함한 의미의 응집력으로 볼 때, "구봉산 한산사가"는 한 단위로 읽힌다. 그러나 가장 우선시되는 율격 마디의 분할 조건은 등가성이므로 위와 같이 율격 마디를 표시할 수 있다. 그러니 멋스럽다. 도식적 율격 운용을 벗어나도 한참 벗어나 있기에 아름답다.

> 눈이 내린다. 구봉산
>
> 한산사가
>
> 눈에 덮인다.

낭송을 한다면, 이와 같이 행이 바뀌듯 시간의 흐름을 여백처럼 두고 눈에 덮여가는 구봉산 한산사의 풍경을 떠올리게 천천히 읽을 것이다. 아름답다. "구봉산 한산사"로 가는 산길은 눈에 덮여 "한빛"이다. 눈 덮인 길 위에서 길 "잃은" 것이 짐승뿐일까. 그러니 "즘생[衆生]들"이다. 눈 덮인 산길, 길 없는 길을 가며 출가 수행자만이 수행하는 게 아니라는 걸 안다. 예토에 살며, 때를 묻히며 부끄러워 뉘우치며 후회하며, 고쳐 살아야겠다는 청정심을 내며 산다는 일 또한 만행이라는 깨달음. 만유가 나를 깨우쳐주는 선지식이고 보살임을 안다. "땅속엔 풍뎅이 보살, 하늘엔 솔개 보살." ! 진정한 시인으로 산다는 일은 만유에게 청하고 듣는 '구법여행'임을 알겠다.

늙을 줄 안다는 일

시조를 쓰겠다는 학생에게 목월은 왜 시조를 쓰느냐고 물었다. 제현은 시조가 처져 있는 것 같아 이를 새롭게 써보고 싶다고 했다. 당찬 대답이었다. 목월은 가람의 언어가 감각적이고 정신이 높으니 잘 배워서 새롭게 혁신시켜 보라고 했다. 제자는 스승의 말씀을 잘 받들었다. 제현은 처져 있는 시조를 일으켜 세워 시어를 일신하고 율격을 변주하며 혁신적 시조로 현대시조의 새로운 기풍을 진작시켰다.

목월은 시도 나이가 들면 늙을 줄 알아야 한다고 했다. 제현은 나이 들면서 여유롭고 품이 넉넉하여 완숙한 시를 쓰라는 의미로 받들었다.

나이가 들어서일까. 시조에서도 긴장을 풀고 싶다. 예민한 감성, 고도의 지성, 치열한 시정신, 깊은 통찰력과 새로운 율격이 요구되는 것이 현대시조인데 시에서 이러한 긴장감을 빼버리면 무엇이 되겠는가. 아마도 시 아닌 그저 덤덤하고 무의미한 시조 비슷한 것이 되고 말 것이다. 그러나 그렇다 하더라도 여유롭고 쉽고 재미있는 시조를 써 보고 싶다.

하지만 넋두리는 아니게……

— '시인의 말'에서 《우물 안 개구리》(2010)

원로 대방가는 이제 그저 덤덤하고 무의미한 시조를 쓰겠다는 무욕의 경지에 이르렀다. 제현의 예술혼이 바로 충담의 풍격에 닿아 있음을 보여주는 대목이다. 충은 비어있다는 뜻으로 욕심이 없는 평화로운 성질을 가리키고, 담은 담담함이다. 충담은 소리높이지 않아 평화롭고 꾸미지 않아 담백한 풍격을 가리킨다. 대방가의 삶과 인식이 여기에 이르렀다.

암녹색 무당개구리
우물 안에서 산다.

바깥세상 나가봐야
패대기쳐져 죽을 목숨

온전히 보존키 위해
우물 안에서 산다.

짝짓고 알 슬기에
깊고 넉넉한 공간

이따금 두레박 소리에
잠을 설치고

별들의 전갈을 기다리며
눈이 붓도록 운다.

—〈우물 안 개구리〉《우물 안 개구리》(2010)

"바깥세상 나가봐야/ 패대기쳐져 죽을 목숨"이라는 발화는 세속의 영화 따위는 곁눈질하지 않겠다는 투박한 언어다. 살기 위해 산다는 솔직 담박 투박한 언어. 그러나 "눈이 붓도록" 우는 "무당개구리"는 "이따금" "우물 안"으로 드리워지는 "두레박 소리에/ 잠을 설치"며 "별들의 전갈을 기다리"고 있는 것이다. 생명이 있는 것은 생존욕이 있고 살기 위한 행위를 도모해야 한다. 그것을 가능하게 해 줄 무언가를 기다린다는 것이다.

사뮈엘 베케트의 《고도를 기다리며》와 같이 오지 않는 그를 기다리는 것이 무당개구리뿐일까. 시인은 무엇을 기다리는 것일까. 구법여행에 나선 시인의 기다림은 선지식을 만나 만유의 공성(空性)을 증득하고, 깨달음의 예술혼을 실현하는 것이리.

경운기가 투덜대며

지나가는 길섶

시속 6m의 속력으로
달팽이가 달리고 있다.

천만 년 전에 상륙하여
예까지 온 것이다.

어디로 가는지
가야 하는지 알 수 없는 길을

산달팽이 한 마리
쉬임없이 가고 있다.

조금도 서두름 없이
전속으로 달리고 있다.

— 〈달팽이〉《풍경(風磬)》(2013)

"달팽이"는 "천만 년 전에 상륙하여" "시속 6m"의 전속력으로 달려 시인 앞에 왔다. 달팽이는 이 선지식을 만나러 천만 년 전부터 오고 있던 건 아닐까. 시인은 달팽이라는 선지식을 찾아 "경운기가 투덜대며/ 지나가는 길섶"에 다다른 건 아닐까. "조금도 서두름 없이/ 전속으로 달리고 있다."니! 이 모순 형용은 경조탁사(驚鳥啄蛇), 놀란 새가 뱀을 쪼듯 종장을 감치며 이 시를 부양하는 힘이다. 빠름 빠름을 외치는 이 시대의 속도전에서 우리는 조금도 서두름이 없되 힘껏 마음껏, 전력을 다해 살아야 한다는 대방가의 무설설(無說說)이다.

《사투리》, 무작묘용

《사투리》(2016)는 단시조집이다. '시인의 말'처럼 시조의 원형적 모습은 단수이고, 시조 정통성과 정체성의 규준이 된다는 점에서 근자에 단시조집 기획이 활발하다. "하지만 넋두리는 아니게" "덤덤하고 무의미한 시조" "여유롭고" "좀 더 쉽고 재미있는 시조를 써 보고 싶"다는 시인의 마음이 담긴 《사투리》는 천지의 기미, 인생의 도를 증득한 충담, 자연의 시경으로 충일하다.

단풍이 하도 고와
핸드폰을 엽니다

버튼을 눌러보지만
아무런 응답이 없습니다

공연히 무안한 마음에
핸드폰을 닫습니다

— 〈가을 전언(傳言)〉 전문

단풍 고운 어디를 산책하는 것일까. 하도 고운 단풍 빛을 누구와 나누고 싶었을까. 누군가를 호출하지만 아무런 응답이 없다. 부질없이 전화를 했나 보다. 무안한 마음에 핸드폰을 닫는다. 허리 구부려 주우니 그게 바로 시(俯拾卽詩)라, 그저 건져 올린 자연이며 기교를 부리지 않으니 담백하다. 충담의 시경에서는 '쓸쓸함이 묻어난다.' 쓸쓸하지만 이면에는 쉽게 내보이지 않는 시인의 따뜻한 마음이 들어 있다.

혼자 밥 먹고

혼자서 놀다

책을 읽다

깜박 졸다.

새소리에 깨어보니

새들은 간 데 없고

가을만 깊을 대로 깊었다.

나무들도 아픈가 보다.

— 〈가을 일기〉 전문

하기 어려운 말 하나 없는 〈가을 일기〉를 보면 "동쪽 울타리 아래서 국화꽃을 따다가(採菊東籬下) 문득 앞산이 눈에 들어왔나니(悠然見南山)"라는 도연명의 〈술을 마시며〉 한 구절이 떠오른다. "새소리에 깨어보니// 새들은 간 데 없고// 가을만 깊을 대로 깊었다." 충담 자연. 무작위의 자연으로 얻은 평화롭고 맑은 시경이다.

오는 듯 가버린 것이여
친숙한 낯섦이여

너 곧 아니더면
이 업을 어이 하리

오늘도 멍청한 짓을
또 했구나 너를 믿고.

—〈무상〉 전문

말로는 제행무상, 제행무상 하면서도 우리는 무상(無常)을 잊고 변심이니 배신이니 하며 변한 것에 대해 원망하기를 얼마나 했던가. 오늘은 네가 있어 좋고 내일도 네가 있어 좋을 줄 알았는데 너는 "오는 듯 가버"렸으니 "가버린 것"으로 문득 환경은 "낯"설었으리. 그러려니. 그 낯선 환경도 곧 "친숙"해지려니. 우리는 너나없이 업식(業識)을 안고 사는 업아(業我)이니 "오늘도 멍청한 짓"을 하는 것이다. 그러나 이 멍청한 짓도 오는 듯 가버릴 것이니. 무상이어서 다행이다. "너를 믿"는다. 고맙다, 무상.

모르고 모를 뿐

안이비설신의. 이 육근으로 받아들여 구축한 상(相)은 믿을 만한 것인가. 《금강경》에서는 아상(我相), 인상(人相), 중생상(衆生相), 수자상(壽者相) 이 아인사상(我人四相)을 버리라 했다. 왜 버려야 할 것인가. 이 상이라는 것은 "인간이 생존을 위해 만들어낸 참으로 자기중심적이고 허술한 해석의 일종"(정효구 《붓다와 함께 쓰는 시론》)이기에 그렇다. 인간은 이 허술한 해석이 빚어낸 상을 가지고 마음을 쓴다. 일체유심조(一切唯心造)라면, 마음을 쓴다는 것은 얼마나 위중(威重)한 일인가. 그러니 무심(無心)이라는 말에 주목해보는 것이다.

무심은 마음의 작용이 없는 것, 일체의 사념을 없앤 마음의 상태, 망념을 떨어낸 진심이다(《신심명(信心銘)》).

> 한세상 사는 법을
> 어디 가서 배우랴
>
> 망설이다 머뭇거리다
> 다 놓쳐버린 사랑이여
>
> 마음이 보이는 길을
> 어디 가서 찾으랴
>
> —〈한세상 사는 법을 어디 가서 배우랴〉 전문

무심. 일체의 사념을 없앤 상태. 그렇다면 "망설이다 머뭇거리다"는 이렇다 할 마음을 내지 못해 아직 상이 없다는 건 아닐까. 집착이 없다는 건 아닐까. "마음이 보이는 길"을 "찾"는다는 건 지금 내게 마음 낼 마음이 없다는 것이리. 그러니 나를 깨우쳐줄 선지식을 만나기 위해 끝없는 구법여행을 멈출 수가 없다. 그러니 쓰고 또 쓰는 견자일 밖에.

〈한세상 사는 법을 어디 가서 배우랴〉! 하기 어려운 말이 없는 시. 자연스럽고 담담하고 친근한 이 발화는 그대로 더하고 뺄 것도 없는 '생태의 리듬' 아닌가. 이것이 고시조의 참모습이었고 이것이 제현의 혁신적 시조였고 이것이 오늘의 시조여야 한다.

러닝머신을 타고 달린다
앞만 보고 달린다

뛰고 또 뛰었는데도
한 발짝도 못나가는 走力

한종일 제자리걸음
타박타박 숨이 차다

눈을 뜨고 달렸는가
눈을 감고 달렸는가

한 걸음도 못 나가는
나의 走法, 러닝머신//

내려와 숨을 고른다
늙은이 허세도 접는다

—〈헬스장에서〉《월간문학》(2016년 7월호)

글러브 낀 손을 내리며 덤비라고 시늉하던 챔피언 홍수환이 떠오른다. 구할 바 없는 무심 무욕의 시인은 두려울 것도 없으리. 덤벼라. "앞만 보고 달"렸는데도 "뛰고 또 뛰었는데도/ 한 발짝도 못 나가는 주력"이고 "한 걸음도 못 나가는/ 나의 주법"이다. 구하는 바 없으니 부끄러울 것도, 두려울 것도 없다. 덤벼라. "러닝머신"을 "내려와 숨을 고른다." "늙은이 허세도 접는다"니! 무심 담담, 충담이다.

견자 그리고 환희심

만유가 다 우리에게 법을 배울 수 있게 하는 선지식이고 보면 시인은 천지만물 두두물물에서 문득, 무상의 언어를 찾아 떠나는 '구법여행자'다. 무상(無上)일까, 무상(無相)일까.

봄비가 촉촉이 밭고랑을 적시고 있다

봄이 와도 싹이 트지 않는 내 안의 들판

무엇을 심을 것인가

이 가뭇없는 삽질

—〈봄비〉 전문

"내 안의 들판"에 "싹이 트"라고 "봄비가" 오는데, "무엇을 심을 것인가", 싹은 틀 것인가. 시인은 '무한 향상'을 위해, 무상의 언어를 만나기 위해 "가뭇없는 삽질" 중이다. 가뭇없는 삽질은 그치지 않는 구법여행. 법을 찾아 진리를 찾아 무상의 언어를 찾아가는 여행은 그치지 않는다. 무엇을 심을 것인가. 무엇을 찾을 것인가.

햇살이 하도 좋아
산책길에 나섰다.

喜壽를 막 지난 듯한
赤松 몇 몇
마른 흙냄새.

좋아라 이승의 한나절
하릴없는 산책길.

—〈겨울 산책길〉 전문

"햇살" "좋"은 "겨울 산책길"에 서면 누구나 이유 없는 미소가 어릴법한데, 일흔일곱을 "막 지난 듯한/ 적송 몇" 그루 눈에 드니 오랜 친구를 만난 것 같다. 아직 우리 살아 있다는 이 기쁨! 도리 없이 "마른 흙냄새"도 향기로운 산책길이다. "이승의 한나절"이 선물이듯 우리 그냥 좋다. 살아 있는 이 순간 더불어 고맙다. 환희심! 허리 구부려 주운 무상의 설법이다.

어디로 떨어져야 할지 몰라 매달려 있던
나뭇잎 하나, 그렇게도 바람에 흔들리더니

포로롱 하늘을 난다
새가 되어 난다

—〈새가 되어 날다〉 전문

바람 부는 차안(此岸)에서 우리는 너나없이 "어디로 떨어져야 할지 몰라" 간댕거리며 달려 있는 나뭇잎 하나. 그렇게도 흔들리다가는 "포로롱 하늘을 난다/ 새가 되어 난다." 백척간두진일보(百尺竿頭進一步). 더 나아갈 바 없는 데서 한 걸음 더 나아가면, 떨어진다. 그렇게도 바람에 흔들리며 "매달려 있던/ 나뭇잎 하나," 떨어져 내리며 얻은 대자유. 가지를 버리고 날개를 얻었다. 떨어지는 나뭇잎 하나에서 얻은 천기. 하기 어려운 말 하나 없이 소박하고 꾸밈없는 언어. 충담의 예술혼을 본다.

선지식의 노래

원로 대방가는 말한다. 50년이 넘도록 시조를 써오고 있으나 아직도 말을 다루는 솜씨가 무디고 거칠다고. 천부적인 시인은 아닌 성싶다고. 그럼에도 지금껏 시를 써오고 있다고. 선지식 제현은 말한다. 지금껏 삶의 의미를 찾아 실로 먼 길을 비척거리며 걸어왔다고. 삶의 의미를 찾았는지 못 찾았는지 알 수 없으나, 그 모든 것은 생에 대한 물음이었고 대답이었고 대답 또한 물음이었다고. 주위를 둘러보면 그 모두가 고맙고 소중하고 아름답다고. 그리고 좀 더 열심히 써야겠다고.

홍성란
시인. 1989년 중앙시조백일장으로 등단. 《춤》《바람의 머리카락》 한국대표명시선100 《애인 있어요》 단시조60선 《소풍》 낭송하기좋은시조100선 《세상의 가장 안쪽》 시조감상 에세이 《백팔번뇌 – 하늘의 소리 땅의 소리》 등이 있다. 방송대 · 성균관대 강사, 《유심》 상임편집위원 등 역임. 유심작품상, 중앙시조대상, 대한민국문화예술상, 한국시조대상, 조운문학상 등 수상. srorchid@hanmail.net.

제15회 유심작품상 특별상 수상자

권영민

심사평 · 종합과 통섭의 정신

수상소감 · 문학의 미적 가치 추구에
최선 다할 터

대표 평론 · 한국 현대문학사의 논리와 형태

자술연보 및 주요 저서 목록

권영민론 · 한국 현대문학 연구의 체계화,
그리고 텍스트 비평/ 방민호

권영민 / 1948년 충남 보령 출생. 서울대 문리과대학, 동 대학원 졸업(문학박사). 1971년 〈중앙일보〉 신춘문예(문학평론) 당선으로 등단. 1981년부터 서울대 교수로 재직하며 1988년부터 30년 가까이 《문학사상》 편집주간. 현재 미국 UC버클리대학 한국문학 초빙교수, 서울대 명예교수. 현대문학상 평론상, 김환태평론상, 현대불교문학상 평론상, 두계학술상, 만해대상(학술부문), 우호인문학상, 세종문화상(학술부문) 등 수상. kwonsnu@snu.ac.kr.

심사평

종합과 통섭의 정신

권영민 교수는 대학 재학 시절인 1971년 〈중앙일보〉 신춘 문예에 평론 〈오노마토포이아의 문학적 한계성〉이 당선되어 문단 활동을 시작한 이후, 텍스트 자체의 구조 분석과 텍스트를 빚어낸 정신사적 배경에 대한 탐구를 동시에 전개하는 비평 태도를 유지해 왔다. 텍스트라는 언어의 구조물과 그 텍스트를 산출한 사회문화적 조건 및 작가의 정신을 등가적으로 파악하고자 한 것이다. 조정래와 박완서의 방대한 대하소설을 분석하면서 한국 현대사의 수난의 현장과 관련된 거시적 주제를 구명하는 한편, 작품의 언어와 구조 미학에 지속적인 관심을 표명한 것도 그러한 문학관의 결과다. 그의 비평과 연구는 50년 가까운 세월 동안 종합과 통섭의 정신을 지켜온 것이다.

학술적 연구의 첫 장을 연 저서인 《한국 근대문학과 시대정신》(1983)은 개화기 문학과 일제강점기의 문학, 해방 후의 문학을 다루고 있는데, 현대문학 형성의 중요한 분절을 이룬 국면들을 집중적으로 분석하여 과거 문학의 가능성과 한계가 현재의 문학에도 중요한 과제로 이어지고 있음을 밝혔다. 이 연구를 더욱 발전시킨 《한국 민족문학론 연구》(1988)는 카프의 계급문학운동의 전개 양상을 보강하여 일제강점기 문학을 바라보는 시야를 확대하였으며, 북한의 문학과 분단시대 문학으로 지평이 확대되면서 분단 상황의 인식과 극복이라는 중요한 과제를 제시했다.

분단 극복이라는 주제와 일제강점기 문학의 거시적 조망이라는 화두는 그를 카프의 계급문학운동 연구로 이끌었다. 장기간의 연구 끝에 나온 노작《한국 계급문학운동사》(1998)는 일제강점기 계급문학운동이 당시 민족사회운동과 어떠한 조직적 연관성을 지니고 전개되었는가를 검토하고 카프의 결성과 재편, 전환과 확대 등의 전개과정을 구체적 자료에 입각해 세밀하게 분석했다. 이 책은 계급문학운동의 성립으로부터 카프의 해체에 이르는 전 과정을 집약한 문학사로서 이 방면 연구의 결정판이라고 할 수 있다.

계급문학운동에 대한 그의 탐구는 더욱 심화되고 보강되어 또 하나의 결정판 연구서인《한국 계급문학운동 연구》(2014)로 집약되었다. 이 연구서는 앞의 연구를 계승하면서도 두 가지 점에서 중요한 차별성을 지닌다. 첫째는 3·1운동 이후 민족 지도자들이 민족운동의 새로운 방향을 모색하면서 그 전환을 시도하는 과정에서 진취적이고 개혁적인 운동의 방향을 모색하게 되었고 그 모색의 과정에서 계급 문제와 계급의식에 관심을 기울이게 되었다는 사실을 밝힌 것이다. 또 하나는 계급문학운동의 전개와 의의를 식민지 상황에 대응하기 위한 조직적인 탈식민 운동으로 규정했다는 점이다. 구체적인 자료를 통해 식민지 상황을 가장 철저하게 비판하고자 했던 계급문학운동이 당시의 가장 주체적인 탈식민 운동의 성격을 지니고 있음을 명확히 했다. 이 두 가지 점으로 그의 계급문학운동 연구는 여타의 문학사 서술과 구분되는 독자적 차별성을 지니며 하나의 연구사적 사건으로 뚜렷이 부각된다.

그의 성과 중 또 하나 크게 거론되어야 할 항목은 정본에 입각한 문학전집 간행 사업이다. 그는 연구의 초기 단계부터 여러 가지 자료집을 집중적으로 간행했는데, 이것은 전대의 문학적 업적을 체계적으로 정리하고 후대의 연구자들에 편의를 제공한다는 의의를 지닌 사업이다. 그는《염상섭 전집》(1987)과《김동인 전집》(1988)의 편찬을 주관하고,《김소월 시 전집》(2007),《이상 전집》(2009),《한용운 문학전집》(2011),《조오현 문학전집》(2012),《정지용 전집》(2016) 등을 직접 엮어냈다. 그의 다각적인 노고에 의해 한글세대의 젊은 연구자들이 편리하게 자료를 이용할 수 있게 된 것은 매우 다행스러운 일이다.

텍스트 해석에 깊은 관심을 가진 그는 한국문학에서 텍스트 해석의 팽창력이 가장 큰 이상(李箱) 문학의 비밀을 탐색하는 작업으로 나아갔다. 그는 이상에 관련된 전기적·문헌적 자료를 종합하여 실증적 토대를 마련한 다음에 그 토대 위에서 작품분석을 진행했다. 이 과정에서 산출된《이상 텍스트 연구》(2009),《이상 문학의 비밀》(2012),《오감도의 탄생》(2014) 등은 이상 연구자들이 반드시 거쳐야 할 중요한 관문이다. 그가 이상 문학의 해석과 대중적 전파에 큰 기여를 했다는 사실도 한국문학 연구사의 성과로 뚜렷이 기록되어야 할 것이다.

심사위원 / 조오현·이근배·오세영·이숭원(글)

수상소감

문학의 미적 가치 추구에 최선 다할 터

유심작품상 특별상 수상자로 선정되었다는 통지를 받았다. 서울대학교를 퇴임한 후 미국 버클리대학의 초청을 받고 한국을 떠나 있는 중인데, 남의 나라에 혼자 있으면서 받은 가장 기쁜 소식이다. 나 자신을 돌아볼 수 있는 기회를 이렇게 문학의 현장과 멀리 떨어져서 가질 수 있게 된 것이 더 고맙다. 나의 비평적 작업에 대한 자기비판과 함께 문학비평의 방법과 관점에 대한 나의 생각을 가다듬을 수 있게 된 것이 고마울 뿐이다.

나는 문학비평의 가장 중요한 과제가 우리 문학이 지닌 미적 가치와 그것이 지향하고 있는 세계를 총체적으로 해명해 낼 수 있는 방법론을 어떻게 정립해 나아가느냐 하는 점이라고 생각한다. 문학비평이란 문학이 그 자체의 의미와 지향을 정당화하기 위해 필요로 하는 일종의 인식 행위에 해당한다. 그렇기 때문에 비평이 궁극적으로 문학을 위해 존재하는가, 아니면 비평의 독자적 영역이 문학과는 별개로 독립하여 존재하는 것인가를 묻게 될 경우에도, 나는 언제나 비평의 본질과 그 방법의 문제를 생각하고 있다. 비평이란 문학의 예술 미학적 요건을 정당화하기 위해 필요하다. 비평이라는 말 속에는 예술 작품의 미적 특질을 식별해내고 평가한다는 뜻이 포함되어 있다. 문학비평은 문학을 문학의 자리에 온전하게 있도록 하기 위해 무엇보다도 우선하여 식별의 기능을 강조하게 된다. 최고의 비평은 문학의 내용이나 의미에 대한 판단과 평가에 의해 수립되는 것이 아니다. 문학비평이 의도하는 것은 문학을 어떤 다른 사상으로 대치시켜 놓는 것이 아니라 문학이 문학으로서 존재 의미를 가능하게 하는 여러 가지 속성을 밝혀 주는 작업이라고 할 수 있다.

나는 비평의 존재 의미를 문학에 대하여 갖는 어떤 기준의 요구와 연관된다고 생각한다. 물론 비평이 문학에 대하여 직접적으로 요구하는 것은 새로운 삶에 대한 비전의 제시를 문제 삼는 것뿐이다. 비평은 예술적 체험에 근거하고 있는 문학을 지적인 논리로 바꾸어 놓는 것이지만, 문학 자체를 어떤 다른 사상으로 대치시켜 놓는 것은 아니다. 문학비평의 방법론이란 그 대상으로서 문학 세계를 상정할 경우에만 의미를 지닌다. 방법이란 언제나 그 자체의 의미보다는 목표로 삼고 있는 작품에 도달하는 과정을 더욱 중시한다. 문학 작품의 세계로 떳떳이 돌아가고자 하는 의욕에서 비평의 방법이 문제시된다고 할 것이다. 비평이 일차적으로 관심을 두는 것은 삶에 대한 관점을 함께 드러낼 수 있는 문학의 전체적인 모습에 대한 이해이다. 그러므로 비평의 성패는 그 방법론이 얼마나 작품의 의미에 활기를 불어넣어 줄 수 있느냐에 달려 있다.

나의 문학적 행보를 조심스럽게 지켜보아 주신 문단의 모든 선후배에게 감사드린다. 심사위원님께도 고마움을 표한다.

무엇보다도 가슴 깊은 사랑은 내 삶에 가장 큰 자리를 차지하고 있는 무산(霧山) 큰스님께 올리고 싶다.

권영민

대표 평론

한국 현대문학사의 논리와 형태

권영민

1. 서론: 한국 현대문학의 성격

한국 현대문학은 한국사회의 근대적 변혁과정을 배경으로 하여 성립된 새로운 문학이다. 19세기 후반부터 한국사회는 봉건적인 사회체제의 모순을 극복하기 위해 각 방면에서 개혁운동이 활발하게 전개되었고, 침략적인 서구 제국의 위협에 대응하기 위한 자주독립운동이 지식층을 중심으로 점차 확대된 바 있다. 정치적인 차원에서는 갑신정변(1884), 갑오개혁(1894) 등의 근대화 작업이 시도된 바 있으며, 동학농민혁명(1894)을 통해 민중적인 의식의 성장도 분명하게 드러나게 된다. 그리고 독립협회(1896)와 같은 사회단체가 결성되어 자주민권운동이 전개되기도 하였으며, 국권 회복을 위한 애국계몽운동이 많은 지식인에 의해 추진되기도 하였다.

한국 현대문학은 이러한 사회변화 속에서 국어국문운동을 사회문화적 기반으로 새롭게 성립된다. 개화계몽운동의 일환으로 확산된 국어국문운동은 한문을 문화의 중심 영역에서 밀어내고 새로운 국문 글쓰기를 일반화시켜 놓고 있다. 과거제도의 폐지와 함께 한문 중심의 교육 방식도 새롭게 변화하게 되었으며, 〈독립신문〉(1896)의 창간 이후 한문 대신에 국문을 통한 새로운 글쓰기 방법이 지식층을 중심으로 다양하게 실험된다. 국문 글쓰기와 글 읽기는 대중적인 언어 문자 활동에 근거하여 성립되고 있기 때문에 한문학의 경우와 같이 지배계층의 이념을 대변하고 그 정서를 표현하는 독점적이면서도 폐쇄적인 문화적 공간을 별도로 구성하지 않는다. 국문 글쓰기를 기반으로 하는 현대문학의 성립 과정을 보면 문학양식의 존재방식에서도 매우 중요한 두 가지의 변화를 드러내고 있다. 하나는 전통문학의 구술적 성격을 탈피하고 기록문학으로 전환하는 과정이며, 다른 하나는 고정된 양식에서 벗어나 유기적 개방적 양식으로 변화하는 과정이다. 문학에서 구술적 요소의 극복은 국문 글쓰기의 확대와 함께 구비문학의 영역이 점차 좁혀진 것과 관련된다. 특히 창(唱)에 의존하여 전승된 시조라든지 단가 등이 개화계몽시대 이후 음악으로서 창과 분리되면서 새로운 변화를 겪게 되는 것도 이와 연관된다고 할 수 있다. 문학양식의 개방성에 대한 지향은 한문학 양식이나 전통문학 양식에서 볼 수 있는 고정성이 붕괴하고 새로운 문학양식이 그 형식과 정신의 자유로움을 추구하는 과정을 말하는 것이다. 이 같은 변화는 현대문학의 성립을 가능하게 한 일종의 문학사적 전환에 해당한다고 할 수 있다.

한국 현대문학은 봉건적 사회제도와 관습이 붕괴한 자리에 새롭게 등장하고 있기 때문에, 전통 문학양식의 변화를 통해 새로운 시대정신을 형상화하고 한국인의 새로운 삶의 방식과 그 가치를 대변하게 된다. 현대문학은 외래적 영향으로 야기된 사회문화적 변혁 과정 속에서 서구의 기독교 사상뿐만 아니라 다양한 문예사조를 토착화하고 변용시키면서 한국적인 미의식을 확립하고 있다. 현대문학의 세계는 경험적인 일상의 현실이 중심이 된다. 전통문학의 경우에는 신화적 상상력에 의해 인간의 삶이 초현실적인 신성의 세계와 함께 표현된 경우가 많았지만, 현대문학에서 볼 수 있는 세계는 인간이 살아가는 일상적이면서도 현실적인 실재의 공간뿐이다. 현대문학은 경험주의적 합리성에 근거하여 초월적 존재가 주재하던 신성의 세계로부터 벗어난다. 이러한 탈마법화 현상은 현대문학의 성립 자체가 개화계몽시대 문명개화에 대한 새로운 각성과 인식에 근거하고 있음을 의미한다.

한국의 현대문학은 그 문학적 양식의 새로움으로 인하여 출발점에서부터 '신문학'이라고 지칭된 바 있다. 신문학이라는 말은 그 지시 범위가 포괄적이고도 모호한 것이지만, 당시의 신문이나 잡지를 통해 이에 대한 관심의 방향을 어느 정도 이해할 수 있다. 조선시대부터 오랫동안 읽혔던 소설들은 모두 구소설이라는 명칭으로 불리고, 개화계몽시대에 새롭게 등장한 소설은 신소설이 된다. 신시라는 말도 마찬가지 의미로 일반화된 새로운 용어이다. 여기서의 '신'과 '구'는 단순히 시대적인 차이만을 뜻하는 것이 아니다. 문학의 내용과 형식의 차이가 더욱 중요한 요건으로 문제시되고 있다. '신'이라는 투어가 붙어 있는 문학양식은 기존의 문학양식과 구별되는 형식과 내용상의 새로움으로 인해 우선적으로 그 존재 의미를 인정받는다. 그리고 무엇보다도 그 내용에 반영된 새로운 시대상이 중요한 특징으로 인식되었음을 알 수 있다.

그런데 한국 현대문학에서 새로운 문학양식의 등장은 외래문학의 수용과 그 토착화의 과정으로만 설명할 수는 없는 일이다. 문학양식 자체가 지니는 복합적인 문화적 속성을 생각할 경우, 한 시기의 특정한 문학양식의 출현과 소멸은 그렇게 단순화된 논리로 해명되지는 않는다. 한국 현대문학을 외래적인 영향과 새로운 문학양식의 등장을 중심으로 논할 경우, 전통문학과의 역사적 단절이라는 자기모순에 빠져들기 쉽다. 특히 한국 현대문학의 성립 자체를 서구 문학의 주변성에 한정하게 되는 논리적 모순을 극복하기 어렵게 된다. 현대문학을 한국사회의 문화적 모더니티라는 하나의 커다란 범주 안에서 이해해야 한다는 것은 당연한 일이지만 전통문학의 근대적 변혁과정 속에서 그 새로움의 의미를 정확하게 파악하는 일이 중요하다. 한국의 현대문학은 전통문학 양식의 변혁 과정과 서구적인 문학 형태의 수용 과정을 동시에 보여주고 있기 때문이다.

2. 현대문학 혹은 국문 글쓰기의 재탄생

국어국문운동과 현대문학의 성립

한국 현대문학의 사회문화적 성립 기반은 개화계몽시대 국어국문운동이다. 한국인은 오랫동안 중국으로부터 전래된 한자를 중심으로 하는 이원화된 언어 문자 생활을 영위하여 왔다. 15세기 중반에 훈민정음을 창제하면서 구술언어와 문자언어가 국어와 국문이라는 단일한 언어 문자 체계로 일원화할 수 있는 가능성을 확보하게 되었다. 그러나 조선의 지배계층은 국문을 외면하고 한문 중심으로 문자 생활을 지속하였다. 한국사회가 19세기 중반에 이르러 새로운 변혁에 직면하게 되자, 일부 지식층들이 개화계몽운동을 전개하면서 한문을 버리고 국문을 사용해야 한다는 국어국문운동을 주도한다. 이 시기의 국어국문운동은 국문의 교육과 보급, 국문 신문과 도서의 출판, 국문에 대한 체계적 정리와 연구 등으로 확대됨으로써, 한국인들의 말과 글을 국문이라는 하나의 언어체로 통합시켜 놓을 수 있게 된다. 그러므로 국어국문운동은 한국사회에서 새롭게 형성되기 시작한 현대적인 가치를 구현할 수 있는 가장 핵심적인 문화적 기반으로 자리 잡게 된 것이다.

개화계몽시대 국어국문운동은 갑오개혁 이후 과거제도가 폐지되고 정부의 공문서에 국문 글쓰기가 공식적으로 등장한 후 사회 각 방면으로 빠르게 확대되었다. 우선 새로운 교육제도가 시행되면서 신식 학교가 설립되자, 서구 문물과 지식을 전달하기 위한 교과용 도서의 국문 출판이 널리 이루어졌다. 그 결과로 국문 독자층이 확대되었고, 문자 생활에서 한문의 제약성을 벗어나 국문 사용이 폭넓게 확대된 것이다. 특히 이 시기에 대중적 매체로 등장한 신문과 잡지들이 국문 확대의 사회적 기반으로 작용하였다. 1896년 창간한 〈독립신문〉이

순 국문으로 간행된 뒤에 〈대한황성신문〉(1898)이 국문으로 발간되다가 뒤에 〈황성신문(皇城新聞)〉으로 개제하면서 국한문으로 고정되었고, 〈제국신문〉(1898)은 창간 당시부터 국문 신문으로 일관된 성격을 유지하였다. 종교 계통의 신문 가운데 〈그리스도신문〉(1897)도 창간 당시부터 국문 전용 신문으로 출발하였다. 〈대한ᄆᆡ일신보〉(1904)는 창간 당시부터 국한문 신문이었으나, 1907년부터 국문판 〈대한ᄆᆡ일신보〉를 별도로 발간한 바 있다. 〈만세보〉는 한자에 국문으로 음을 병기한 특이한 국한문 표기 방식을 수용하였고, 〈대한민보〉(1909)의 경우에도 국한문을 채택하고 있다. 여러 사회단체가 간행한 《기호흥학회회보》《대한자강회보》 등과 같은 수많은 학회지와 《소년》(1908)과 같은 잡지가 국문 또는 국한문으로 출간되었으며, 상업적인 출판사들이 국문 서적 출판에 앞장섰다. 더구나 국어국문에 관한 연구와 정리 작업도 주시경을 비롯한 여러 학자에 의해 이루어지게 되었으며, 1907년에는 정부 내에 국문연구소를 설치하여 국어 국문에 대한 정책을 세우고 종합적인 연구를 할 수 있도록 하였다.

개화계몽시대의 국어국문운동은 한문의 지배로부터 모든 담론을 근본적으로 해방시켜 놓음으로써 그 문화적 민주주의의 지향을 분명하게 제시하고 있다. 국문은 누구나 쉽게 배울 수 있으며, 국문을 통해 새로운 지식과 정보를 누구나 쉽게 접할 수 있게 된다. 이러한 국문의 대중적 실용성은 한문 중심의 지배층의 문자 생활이 보여주었던 문화의 계급적 폐쇄성의 파괴를 겨냥한다. 한문 중심의 관리 등용제도였던 과거제도가 폐지되고 신식 교육이 실시되자, 한문은 오랜 역사 속에서 지켜 내려온 지배층의 문자로서 지위를 잃고, 그 교육문화적 기능과 정보 기능도 현저하게 약화된다. 그 대신에, 국문 교육이 제도화되고 국문의 활용이 사회적으로 확대되면서, 개화계몽 시대의 새로운 지식과 정보, 문화와 교양은 모두 국문을 통해 수용되고 다시 재창조되어 계급적 차별 없이 대중적으로 확산된다. 한국의 민중들은 자신들을 억압했던 한문 중심의 낡은 사고와 가치를 모두 벗어버리고 국문을 통해 새로운 서구의 문물과 제도와 가치를 받아들인다. 낡은 것들이 모두 무너지고 새로운 것들이 그 자리에 대신 들어서는 변혁의 과정을 겪으면서, 한국의 민중들은 한국사회가 '낡은 조선'에서 벗어나 새롭게 변화할 수 있다는 신념을 키울 수 있게 된다. 그리고 그들의 삶을 새롭게 변화시키는 것이 권력이 아니라 지식이라는 새로운 힘임을 국문을 통해 인식하게 된다.

국어국문운동을 통해 사회적으로 확대된 국문 글쓰기와 그 언어체로서 국문체는 현실 속에서 살아 있는 모든 사회적인 담론의 유형을 포괄하며, 일반 대중의 일상적인 언어의 모순적이면서도 다층적인 목소리를 하나의 표현 구조로 담론화한다. 국문체는 언어와 문자를 통한 사물에 대한 인식 방법을 통합시켜 줌으로써, 한문으로부터 국문으로의 변혁이라는 문화적 기호의 전환이 한 사회의 사상과 이념과 가치를 혁명적으로 전환시킬 수 있음을 보여준다. 국문을 통해 삶의 세계에 존재하는 말의 다양성을 그대로 문자로 구현할 수 있게 되자, 국문체는 일상의 언어에 담겨 있는 사건, 의미, 이념, 감정 등을 구체적인 담론의 형태로 산출하면서 사물에 대한 사고와 인식의 체계를 전환시켜 놓게 된 것이다. 그 결과로 한국사회는 개화계몽시대의 국어국문운동을 통해 현대적 의미의 문화적 민주주의의 기반을 확립할 수 있게 된다. 국어국문운동이 개화계몽시대 이후 한국사회의 문화적 변혁의 현대성을 말해주는 핵심적인 징표가 되는 까닭이 바로 여기에 있다.

국문 글쓰기로서 현대문학

개화계몽시대의 국어국문운동은 문자 생활에서 국문 사용을 보편화하고 국문체를 정착시키면서 국문을 통한 여러 가지 새로운 글쓰기 방식을 가능하게 한다. 당시 새로운 대중적인 매체로 관심이 대상이 되었던 신문 잡지 등을 보면, 국문을 이용한 여러 가지의 새로운 글쓰기 방법이 등장하고 있다. 〈독립신문〉의 경우 국문 글쓰기의 새로운 가능성을 보여주는 다양한 기사와 논설을 수록하고 있으며, 독자 투고 형식으로 여러 가지 형태의 시가를 싣고 있다. 〈독립신문〉 이후 대중 매체로 여론의 중심에 자리 잡게 된 민간 신문과 잡지는 새로운 지식과 교양, 흥미와 오락에 관련되는 많은 읽을거리를 기사로 싣고 있다. 대부분의 신문은 '사조'란이나 '학예'란을 두어 한시, 시조, 가사, 창가 등을 싣고 있으며, '소설'란을 고정시켜서 다양한 서사양식을 제공하고 있다.

국문 글쓰기의 사회적 확대 과정에서 다양한 분화를 보인 것이 서사양식이다. 서사양식이 추구했던 독특한 표현 구조가 국문체를 통해 가능했기 때문이다. 국문체는 조선시대부터 전통적으로 고전소설의 문체였기 때문에 어떤 규범적인 형식이나 추상적인 체계로 존재했던 것이 아니다. 그것은 현실 속에서 살아 있는 모든 사회적인 언술 유형을 포괄할 수 있는 서사

양식의 문제로 변화해 왔다. 국문체가 다양한 언어 형식의 내적 분화를 통해 서사의 새로운 질서를 구현하고 있는 현상은 국문 글쓰기를 통해 추구하고 있는 이념과 가치가 서사양식의 이념과 직결되고 있음을 말해준다. 실제로 개화계몽시대의 신문이나 잡지에서 가장 많이 찾아볼 수 있는 것이 서사이다. 신문, 잡지의 사건 기사는 모두 짤막한 서사이며, 사건에 관한 해설 기사도 서사가 주축을 이룬다. 서사는 양식적인 면에서 이야기와 그 이야기를 말해주는 화자의 존재로서 기본 구조가 결정된다. 그리고 각각의 양식이 추구하는 가치에 따라 설명, 묘사 등의 일반적인 산문 형태에서부터 논설, 대화, 토론, 연설, 풍자 등의 다양한 기술 방법이 수용된다. 경험적 사실에 근거하고 있는 전기, 역사물 등과, 허구적 사실에 근거하고 있는 신소설, 우화 등은 서사양식 가운데 문학적 형상성을 추구하는 대표적인 형태로서 이 시기 대중 독자에게 널리 수용되고 있다.

개화계몽시대의 국어국문운동은 국문 글쓰기에 의한 새로운 시 형식의 발견을 가능하게 하고 있다. 조선시대에 널리 성행했던 시조나 가사 등의 전통시가는 음악과 결합되어 발전했지만, 원래 국문 글쓰기의 소산이다. 그런데 시와 음악의 분리라는 근대적 변혁과정을 거치면서 새로운 시적 형식을 추구하게 된다. 시와 음악의 분리는 전통 시가가 그 형식적 균형을 외형적으로 규제해온 음악적 틀을 벗어나게 되었음을 의미한다. 그러므로 국문 글쓰기를 기반으로 새로운 시 형식을 창조하는 일은 새로운 시적 인식과 함께 그 미적 가능성을 확립하는 것이라고 할 수 있다. 근대적인 시적 형식의 발견은 상당

기간 과도기적 혼돈을 거치면서 이루어진다. 국문 글쓰기를 기반으로 시가 하나의 주제를 발견하고 그 주제에 적합한 새로운 시적 형식을 구축해 가는 과정은 매우 특이하다. 이것은 국문 글쓰기의 시적 재탄생이라고 할 수 있다. 발견으로서 시적 형식이라는 관점은 언제나 하나의 새로운 가능성을 창조하는 과정이라는 점에서, 개인적 욕망과 그 정서의 충동을 함축한다. 그리고 이것은 개인의 창조적 재능과 시적 상상력의 문제로 귀착되는 것이다.

현대문학의 제도적 정착

한문에 근거한 전통적인 글쓰기에는 문학이라는 말 대신에 일반적인 글을 가리키는 문(文)이라는 말이 널리 쓰인다. 글쓰기 또는 글 읽기를 모두 포괄하는 이 '문'이라는 말은 넓은 뜻으로 교양과 지식을 의미한다. 글을 읽고 쓴다는 것은 인간의 삶의 도리를 익히는 하나의 수양의 과정이다. 글은 인간의 감성이나 취향의 영역에 속하는 것이 아니라, 본질적인 가치의 영역에 속하는 '인간의 삶의 도리를 담아놓는 그릇[載道之器]'에 해당한다. 그러므로 조선시대의 지배계층은 글이라는 것이 인간의 삶의 도리를 배우는 것이라는 전통적인 효용론적 관점을 바탕으로 한문의 권위와 품격을 지키기 위해 노력하였던 것이다.

그런데 개화계몽시대부터 새로운 글쓰기로서 '문학'이라는 개념이 정립된다. 국문을 기반으로 하여 개방적이며 대중적인 문자 생활이 가능해지자, 다양한 글쓰기 방식이 실험되는 가운데 서양의 '문학(literature)'이라는 개념도 이 시기에 정착되고 있다. 이광수는 일찍이 '문학은 정적 분자를 포함한 문장'이라고 한정한 바 있다. 이것은 문학이라는 말이 전통적인 글 또는 '문'의 개념을 벗어나 새로운 정서적 영역의 글쓰기로 규정되고 있음을 말한다. 이광수가 전통적인 '문'의 개념과는 다른 '문학'의 가치를 강조하고 있는 것은 일본에서 습득한 서구적 지식에 근거하는 것이지만, 이 같은 관점의 변화를 통해 가치와 윤리의 영역까지 포괄하고 있던 문의 개념이 정서와 취향의 영역에 자리하고 있는 새로운 문학 개념으로 전환되고 있음을 확인할 수 있다. 이것은 학식과 교양과 덕망을 뜻하던 전통적인 문의 개념 대신에 문학이라는 것이 상상력과 창조력의 소산이라는 특별한 예술의 영역으로 구분되기 시작하였음을 의미하는 것이다. 이러한 인식의 변화는 심미적인 것이 하나의 새로운 인간적인 가치로 자리 잡기 시작하였음을 뜻한다고 할 수 있다.

현대문학의 성립 과정에서 등장한 신소설이나 신시와 같은 새로운 문학양식은 전문적인 문인 계층에 의해 이루어진 전문적인 창작의 산물이다. 이 시기부터 직업으로서의 문필업이 등장하게 된 것은 물론 국문운동에 의한 독자 대중의 사회적 확대와 연관된다. 그리고 이 대중적 독자층을 상대로 하는 서적 출판과 판매라는 자본주의적 유통 구조가 제도적으로 자리 잡으면서 전문적인 문필업이 새롭게 정착되었다고 할 수 있다. 실제로 개화계몽시대에 등장한 신문사나 잡지사에는 신문, 잡지의 읽을거리를 만들어내는 전문적인 글쓰기에 종사하는 기자가 생겼고 소설을 쓰는 전문적 작가도 등장하였다. 이들이 쓰는 글은 조선시대의 지식층이 인간의 도리를 익히고

덕망을 쌓기 위해 행하는 글쓰기와는 그 성격이 전혀 다르다. 그것은 하나의 문화적 생산에 해당한다. 특히 새롭게 등장한 대중적인 신문은 전문적인 문필업의 형성을 위한 사회적 기반을 제공하고 있으며, 상업 출판사가 설립되면서 전문적인 글쓰기에 종사하는 사람들과 여러 가지 방식으로 연관을 맺고 이들의 글쓰기 활동을 지원하였다. 신문사에서는 전문적인 문필가들을 기자로 채용하였으며, 출판사는 문필가와 대중 독자 사이를 연결하는 매개적인 역할을 담당하였다. 문필가들이 쓰는 글은 출판사에서 서적으로 발간되어 일반 독자들에게 읽을거리로 제공되었다. 이에 따라 일반 독자들은 마치 자기 취향과 욕구에 맞는 물건을 구입하고 그것을 소비하듯이 글을 대하며 책을 구입하게 되었으며, 출판사는 일정한 이익을 문필가에게 제공할 수 있게 된 것이다. 이 시기에 신문에 연재되고 뒤에 단행본으로 출판되었던 신소설은 바로 이 같은 대중적 욕구를 고려한 근대적인 글쓰기의 최초의 산물이라고 할 수 있다. 지적 산물에 해당하는 소설이 본격적으로 상품화되어 근대적인 상업적 유통 관계에 의해 독자 대중과 만나는 최초의 사례가 바로 신소설인 셈이다. 국문을 통한 개방적인 언어 문자 생활이 가능해지기 시작한 새로운 글쓰기의 시대, 바로 여기서 현대문학은 한국 사회문화 제도의 변화를 기반으로 한국인의 삶의 가치와 그 정신을 포괄하는 현대성의 의미를 드러낼 수 있게 되는 것이다.

3. 현대문학과 문학사 연구

문학과 문학사

한국 현대문학은 한국사회의 근대적 변혁 과정에서 형성된 공동체의 산물이다. 이러한 규범적 의미는 한국 현대문학의 범위를 설정하기 위한 하나의 전제 조건이 된다. 그렇지만, 한국의 현대문학은 문학이 기반하고 있는 역사적 조건으로서 현대를 어떻게 규정하느냐에 따라 필연적으로 그 성격과 내용이 달라질 수밖에 없다.

한국 현대문학사는 문학의 역사이기 때문에, 한국의 현대사(또는 근대사)라는 말이 지시하는 시대적 범주를 벗어날 수 없다. 한국 현대문학사의 대상과 범주는 문학의 보편성과 역사적 실재성에 근거한 논리적 체계로 이해되어야 한다. 이 경우 필연적으로 직면하게 되는 문제가 문학과 역사의 본질에 대한 인식의 문제이다. 그리고 역사에서의 현대(근대)의 개념과 문학에서의 현대적(근대적)인 것의 개념에 대한 규정 문제이다. 여기서 주목되는 것이 한국 현대문학이 추구해온 문학의 보편적 특성과 그 역사적 이해라고 할 수 있다.

일반적인 의미에서 역사는 과거 사실에 대한 기술로 그 본질이 규정된다. 역사는 그 대상이 과거에 있었던 일이라는 점에서 사실성 자체를 중시한다. 그리고 그 논의의 객관성을 강조한다. 역사에서 다루어지는 모든 사실은 원인과 결과를 중심으로 하는 일련의 전개 과정으로 설명된다. 그러므로 여기에는 하나의 진행과 발전이라는 의미가 내포된다. 이것은 역사의 전개라고 명명되기도 하고 역사적 진보라는 개념으로 규정되기도 한다. 그러나 역사상의 모든 사건은 각각의 개별적인 속성이 강조되기보다는 그것들이 드러내고 있는 공통적인 성격을 바탕으로 보편적인 가치 개념을 중시하게 된다. 시대적 성격이라든지 집단적 의미라든지 하는 것이 역사에서 중시되는 이유가 여기 있다고 할 것이다.

문학의 경우는 이와 다르다. 문학은 그것이 어느 시대에 등장한 것이든지 간에 그 시대적인 위상이나 역사적 조건만이 강조되는 것은 아니다. 문학이란 인간의 사상이라고 하는 합리적 논의의 영역만이 아니라 인간의 정서라고 하는 개인적 감정까지도 함께 다룬다. 언어를 통해 이루어지는 인간 표현의 모든 영역이 문학 속에 포함되기 때문이다. 문학적 사실로서 개개의 문학 텍스트는 어떤 원인과 결과를 통해 드러나는 일련의 사건으로 인식될 수 없다. 문학 텍스트는 언제나 그 자체의 존재가 중시되며 당대의 현실 속에서 재인식되고 재평가된다. 그러므로 문학 텍스트는 특정의 시대에 등장한 것이지만, 반드시 그 특정의 문맥에 고정되는 것이 아니라 전체적인 사회문화적 맥락을 통해 그 의미를 구체화시킨다.

문학 텍스트는 그 본질이 고정된 것이 아니며 역동적이다. 문학의 체계 역시 선험적인 것이 아닌 가능성의 구조라고 할 수 있다. 여기서 주의해야 할 것은 모든 문학 텍스트들이 이미 주어진 것이 아니라 역사적 체계로서 새롭게 구성해야 할 대상이라는 점이다. 문학 텍스트는 완결된 형태로 고정된 위치에 자리하는 것처럼 보이지만, 언제나 열려 있는 역동적 실체로 존재한다. 그것은 분명 그때 거기에 있었던 것임에도 불구하고, 언제나 새로운 가능성으로 새 시대의 독자와 만난다. 문학 텍스트는 각 시대의 개별적인 작가의식의 창조적 산물이다. 그렇지만 그 시대와 함께 사라지는 것이 아니라 언제나 당대의 문학 속에 함께 어울려 존재한다. 다시 말하면, 과거의 것들과 현재의 것들이 함께 축적되어 있는 것이다. 문학 텍스트는 어떤 발전의 단계를 따라 연속적인 역사적 흐름을 보여주지 않는다. 그러나 역사적 실체로서 문학 텍스트를 이해하기 위해서는 문학 텍스트로서 본질적인 속성만이 아니라 역사적으로 형성 부여되는 시대적 의미를 동시에 포괄해야 한다. 문학 텍스트의 의미와 가치는 그 사회문화적 기반에 대한 이해를 통해서만 더욱 풍부하게 조직화될 수 있기 때문이다.

문학사는 개별적으로 존재하는 문학 텍스트를 역사적 실체로 취급하며, 그 존재 방식과 의미와 가치를 하나의 역사적 관점으로 설명하고자 한다. 문학사 연구에서 다루어지고 있는 문학 텍스트는 과거 속으로 사라져 버린 역사의 자취가 아니다. 문학사는 이미 소멸해 버린 역사의 흔적을 찾아 나서는 작업이 아니라, 시대의 흐름 속에서 그 존재를 실현하고 있는 실체로서 문학 텍스트에 대한 역사적 해석을 그 목표로 한다. 그러므로 문학사는 과거의 문학 텍스트를 통해 새로운 시대의 의미를 능동적으로 발견하고 재구성해야 할 논리적 체계라고 할 수 있다. 문학사 연구가 문학에 대한 끊임없는 질문인 동시에 발견의 과정이라고 하는 논리적 근거가 여기에 있다.

현대문학사의 시대 구분

한국의 현대문학의 역사적 전개 양상은 시대적 순서 개념을 따른다면 개화계몽시대 문학→식민지시대 문학→분단시대문학이라는 세 단계로 구분된다. 개화계몽시대 문학이 주체적인 근대지향 의식의 문학적 형상화라는 점에서 그 문학사적 의미를 인정받을 수 있다면, 식민지시대 문학은 식민지 현실의 인식과 그 정신적 극복 의지의 문학적 구현에 문학사적 의미가 부여될 것이다. 마찬가지로, 분단시대의 문학은 분단의 극복과 민족 전체의 삶에 대한 총체적인 인식을 문제 삼는 경우 더욱 의미 있는 문학적 현상으로 평가될 수 있을 것이다.

개화계몽시대는 한국 현대문학이 성립된 시기이다. 19세기 후반부터 한국사회는 봉건적인 사회체제의 모순 극복을 위한 개혁운동이 각 방면에서 활발하게 전개되었고, 침략적인 외세의 위협에 대응하기 위한 자주독립 운동이 지식층을 중심으로 점차 확대된 바 있다. 정치적인 차원에서는 갑오개혁(1894)의 근대화 작업이 시도된 바 있으며, 동학농민혁명(1894)을 통해 민중적인 의식의 성장도 분명하게 드러나게 된다. 그리고 독립협회(1896)와 같은 사회단체가 결성되어 민권운동이 전개되기도 하였으며, 국권 회복을 위한 애국계몽운동이 많은 지식인에 의해 추진되기도 하였다. 한국 현대문학은 이러한 사회적 변동 속에서 새로운 국문 글쓰기를 통해 다양한 양식들을 정착시킨다. 고전문학은 문학의 향수 방식 자체가 바뀌면서 근대적 변혁 과정을 거친다. 문학의 가치와 이념과 정신이 모두 새롭게 전환되고 문학의 양식과 기법도 변화를 추구한다. 개화계몽시대에 새롭게 등장한 신문과 잡지 등을 통해 문학의 대중적 기반이 확대되자, 새로운 문학양식들이 시대적 요구에 부합되는 주제를 담고 국문문학의 형태로 등장한다. 신소설이 대중적인 문학양식으로 자리 잡고, 새로운 자유시 형식이 실험되기 시작한다. 그리고 근대적인 연극 공연이 처음으로 무대 위에서 이루어지기도 한다.

한국 현대문학은 형성 단계에서 일본의 침략으로 말미암아 결정적인 한계에 부딪히게 된다. 1910년부터 1945년까지 지속된 일본의 식민지 통치는 한국 민족의 모든 권한과 소유를 박탈하는 것으로부터 시작되어 민족의 존재와 정신마저 말살시키고자 하는 방향으로 전개된다. 그렇기 때문에 한국사회에는 모방과 굴종, 창조와 저항이라는 양가적인 속성을 지니는 독특한 식민지 문화가 성립된다. 하지만 한국 현대문학은 식민지 현실 문제에 대한 비판적 인식을 바탕으로 다양한 문학 양식을 정착시키면서 민족적 주체의 확립에 힘을 기울인다. 한국 현대문학은 1919년 3·1운동을 거치면서 식민지 현실에 대한 비판적인 인식을 주축으로 시야를 확대한다. 이 시기에 한국 민중의 궁핍한 생활상을 총체적으로 형상화하고 그 모순을 비판하는 현실주의적 문학의 경향이 마르크스주의와 결합하면서 조직적인 계급문학운동으로 전개된다. 그리고 식민지 상황으로 왜곡된 한국사회의 현대화 과정에서 드러나는 사회적 모순에 가장 치열하게 대응하는 탈식민주의적 담론을 문학을 통해 생산하게 된다. 1930년대 한국문학은 집단적 이념 추구 경향이 사라지고, 개인적 정서에 기초한 문학의 다양한 경향이 뚜렷하게 드러난다. 이 새로운 문학에서는 주제 의식에서 일상성의 의미가 강조되고 있으며, 문학의 기법과 언어와 문체를 중시하고 있다. 시 정신의 건강성을 강조하면서 인간의 원초적인 생명력을 관능적으로 표현하는 시적 경향이 확대되면서 삶의 허무를 극복하고자 하는 의지의 표상들이 시 속에 많이 등장한다. 한국문학은 일본 식민지시대를 거치면서 일본어라는 제국의 언어에 대응하는 민족어의 보루로서 문화적 자기 정체성을 지켜나갈 수 있는 정신적 근거가 된다.

1945년 한국의 해방은 민족문학의 방향과 지표를 재정립하고자 하는 새로운 계기가 되고 있다. 식민지시대의 모든 반민족적인 문화 잔재를 청산하고 새로운 민족국가의 수립과 함께 참다운 민족문학을 건설해야 한다는 것은 당연한 시대적 요청이었던 것이다. 그러나 한국 민족은 국토의 분단에 이어 1950년 한국전쟁의 비극을 체험하게 된다. 이 전쟁으로 인하여 한국사회는 이념적 분열을 심각히 드러낸 채 분단논리에 빠져들게 되고, 민족 전체의 삶에 대한 총체적인 전망이 불가능한 상태가 된다. 1960년 4·19 학생혁명은 민족 분단과 전쟁으로 인한 한국 민족의 피해의식과 정신적 위축을 현실적으로 극복할 수 있는 계기가 된다. 한국 현대문학은 이 시기부터 새로운 감수성의 변화를 겪으면서 개인적인 삶과 사회적 현실에 대한 관심을 폭넓게 제기한다. 특히 한국사회가 1970년대 군사독재의 폭력적인 정치 상황 속에서 급격한 산업화 과정을 겪게 되자 문학은 이러한 시대적인 상황에 첨예하게 대립하면서 사회적 민주화를 지향하게 된다. 한국문학의 성격을 민족문학이라는 개념 속에서 새롭게 논의하는 가운데 민중문학론이 대두되어 군사독재에 저항하는 반체제 문화운동을 선도한다. 시의 경우 일상적 경험의 진실성을 중시하고, 소설은 분단의 현실과 상황 문제를 포괄하면서 창조적 확대를 가능하게 하고 있다.

한국사회는 1990년대에 이르러 정치·사회적 민주화를 완성하였으며 산업화의 과정에서 겪어야 했던 혼란을 수습하기 시작한다. 한국사회의 민주화 과정에서 문학을 통해 추구했던 치열한 역사의식이나 비판정신 대신에 문학 자체의 예술적 가치를 고양하고자 하는 움직임이 뚜렷하게 나타난다. 오늘의 한국문학은 한국적 특수성의 울타리 안에서 벗어나 세계화의 변화를 포섭하고 인류적 보편성의 가치 구현에 더 큰 관심을 기울이고 있다.

4. 맺는말: 실천으로서의 문학사 연구

문학사의 목표는 연구 대상이 되는 작품들에 대한 역사적 관련성과 역사적 위치를 규정하는 작업이다. 이 작업은 창작을 둘러싼 모든 사회문화적 조건들을 검토하고 이를 양식의 변화 양상과 결합시켜야 한다. 문학사 연구는 한편으로는 역사적 사실로서 문학 작품의 실체에 대한 확인 작업을 필요로 하며 동시에 그것이 드러내는 양식적 특성에 대한 비평을 수행해야 한다.

문학의 양식은 문학 연구의 기초 개념이면서 동시에 문학적 현상에 대한 역사적 기술의 핵심을 이룬다. 문학의 역사적 전개 과정을 이해하는 데에서 문학의 양식 개념이 없다면 우리는 한 시대의 문학을 서로 연결시켜 그 보편적 성격과 공통된 경향을 갖는 총체적인 문학사를 서술할 수가 없다. 문학의 흐름 속에 등장하는 수많은 문학 작품과 작가들의 활동을 놓고 그들이 보여주는 어떤 공통적인 경향을 드러내고 있음을 확인

할 수 있는 경향은 우선적으로 양식 개념에 기초한다. 문학의 양식 개념은 구체적이며 개별적인 수많은 작품을 하나의 관념 속으로 끌어들여 논의할 수 있는 유일한 논리적 실체이기 때문이다. 하지만 문학사 연구는 다양한 문학의 양식을 사실적으로 나열하는 것이 아니라 그것을 역사적으로 통합해 나가는 종합에 대한 감각이 필요하다. 결국 문학사 연구는 문학양식에 대한 역사적 설명과 각각의 텍스트에 대한 문학적 해석을 동시에 수반해야 한다. 문학사 연구자는 문학양식으로부터 추상할 수 있는 지배적 관심을 통해 각각의 텍스트가 지니는 역사적 존재 의미를 규정하게 되는 것이다.

한국문학은 다른 민족의 문학과 구별될 수 있는 특정의 역사적 토대와 문화 기반 위에서 생성된 구체적 역사성을 가지고 있다. 문학사 연구는 바로 이러한 한국문학의 본질 해명에 필요한 논리적 근거의 확보를 위해 존재해야 한다. 문학사 연구의 방법은 한국문학의 현상을 논리적으로 설명하기 위한 원리로서 의미를 지니는 것이다. 그러나 문학사적 체계의 논리적 완결성에 집착한 나머지 한국문학의 다양성을 단순화시켜서는 안 된다. 문학사 연구를 통해 한국문학에서 하나의 잘 짜인 통일된 질서를 발견하고자 하는 것은 문학사 연구자의 욕망이다. 한국문학을 역사적으로 연구한다는 것은 문학의 다양한 현상을 놓고 거기서 어떤 질서를 발견하고자 하는 탐색의 과정이라고 할 수 있다.

그러므로 한국 현대문학사 연구는 문학의 역사적 연구라고 하는 방법론적 차원에서 논의될 성질의 것만은 아니다. 문학사는 창조적인 예술로서 문학을 학문이라는 논리적 범주 속에서 해석하고 평가하는 것을 목표로 한다. 물론 여기서 해석과 평가라는 것 자체가 가지는 실천적 의미를 무시할 수는 없다. 문학사 연구는 독자적인 방법론에 출발하는 것이 아니라, 역사상 등장한 모든 문학적 현상들을 대상으로 그 다양성의 의미를 전체적으로 해석해내고자 하는 실천 작업인 것이다.

자술연보

1948년 충청남도 보령시 오천에서 태어났다. 서울대학교 문리과대학을 졸업했으며 동 대학원에서 문학박사 학위를 받았다.

비평 활동

1971년 대학 재학 중에 〈중앙일보〉 신춘문예 문학평론 부문에 당선되어 문단에 등단했다. 이후 활발한 비평활동을 전개하면서 《소설과 운명의 언어》(현대소설사, 1992), 《정지용 시 다시 읽기》(민음사, 2004), 《문학사와 문학비평》(문학동네, 2009) 《이상 문학의 비밀 13》(민음사, 2012), 《문학, 시대를 말하다》(태학사, 2012), 《오감도의 탄생》(태학사, 2014) 등의 비평집과 연구서를 발간하였다. 특히 1988년부터 30년 가까이 한국 문단의 대표적인 순 문예지 《문학사상》의 편집주간을 맡아 왔다. 편집주간으로 일하는 동안 '이상문학상' '소월시문학상' '김환태평론문학상' 등을 한국 최고의 문학상으로 만들었고, 문단의 많은 신인을 배출하여 한국문학 발전에 기여하였다. 이러한 비평 활동이 문단과 학계의 인정을 받아 서울문화예술평론상(1988), 현대문학상 평론상(1990), 김환태평론상(1992), 현대불교문학상(평론)(2004), 보령문화예술상(2005), 시와시학상(평론)(2009) 등을 수상하였다.

교육 경력

1978년 덕성여자대학교 전임으로 출발하여 단국대학교 조교수를 거쳐 1981년부터 서울대학교 인문대학 교수로 재직하는 동안, 한국문학 교육과 연구에 정진하면서 학문 후속 세대를 양성하여 현재 40여 명의 한국인 석박사와 20여 명의 외국인 석박사를 배출하였다. 한국 근대문학의 기초자료에 대한 조사 정리 작업을 주도하면서 《한국현대문학작품연표 1·2》(서울대출판부, 1998)와 《한국현대문학사대사전》(서울대출판부, 2004) 등을 펴냈다. 그리고 한국 근대문학의 성립과 그 역사적 전개 양상에 대한 문학사적 연구 작업을 폭넓게 전개하면서 개화계몽기에 대한 실증적인 연구서로서 《서사양식과 담론의 근대성》(서울대출판부, 1999), 《국문 글쓰기의 탄생》(서울대출판부, 2006), 《우화 풍자 그리고 계몽담론》(서울대출판부, 2008) 등을 펴냈고, 일제 식민지 시대의 문학론을 중심으로 《한국민족문학론연구》(민음사, 1988), 《한국 계급문학운동 연구》(서울대 출판문화원, 2014) 등을 저술하였다. 그리고 해방공간의 문학 분열상을 최초로 조사 정리한 《해방 직후의 민족문학운동연구》(서울대출판부, 1987)를 펴냈다. 이러한 연구 작업은 대표적인 저서가 된 《한국현대문학사 1·2》(민음사, 2002)를 펴내는 데에 중요한 기반이 되었다. 한국 근대문학의 중심에 서 있는 시인, 작가들의 작품을 총정리하여 표준화하는 작업에 매진하여 《염상섭 전집》과 《김동인 전집》의 편찬을 주도하였고, 《김소월 시전집》(문학사상사, 2007), 《이상 전집》(전 4권, 뿔, 2009), 《김환태 전집》(2011), 《한용운 문학전집》(전 6권, 태학사, 2011), 《정지용 전집》(2016) 등을 펴냈다. 이러한 연구 활동의 성과가 학계의 중요 업적으로 인정받아 두계학술상 (1988), 만해대상(학술부문)(2006), 서울대학교 학술연구상(2009), 우호인문학상(2013), 세종문화상(학술부문) 등을 수상하였다.

국제 활동

서울대학교 인문대학 교수로 재직하는 동안 한국문학의 해외 소개를 위한 각종 세미나와 학회에 참여하여 강연하였고, 미국 하버드대학과 버클리대학, 일본 동경대학 등에서 각각 두 차례씩 한국문학을 강의하며 연구활동을 펼쳤다. 2005년 만해축전의 세계평화시인대회 준비위원장으로서 노벨상 수상자인 월레 소잉카 등 세계 각국의 저명 시인을 초청하여 한국의 분단 현실을 바르게 인식시키고 평화통일에 대한 열망을 지지하게 하였다. 2006년부터 2008년까지 서울대학교 한국어문학 세계화교육연구단 단장으로 한국어의 해외 보급과 한국문학의 해외 소개 및 교육 상황에 대한 연구 지원 사업을 총괄하여 중국 산둥 성 지역의 청도대학 등의 한국어 교육을 지원했다. 인도 네루대학 등의 한국어 교재를 새롭게 현지화하여 개발 보급하였으며, 동유럽의 폴란드 등지에도 새로운 한국어 교수법을 전수하였다. 그리고 미국 하버드대학과 협의하여 '국제 한국문학 교환프로그램' '국제 한국문학 번역워크숍' 등을 운영하여 한국문학 연구자들의 네트워크를 구축하고 정보를 교환할 수 있도록 지원하는 데에도 앞장섰다.

주요 저서 목록

《한국민족문학론연구》 민음사, 1988.

《우리문장강의》 신구문화사, 1997.

《서사양식과 담론의 근대성》 서울대출판부, 1999.

《한국현대문학사(1, 2)》 민음사, 2002.

《정지용 시 다시 읽기》 민음사, 2004.

《한국 현대문학 대사전》 서울대출판부, 2004.

《이상 문학의 비밀 13》 민음사, 2012.

《오감도의 탄생》 태학사, 2014.

《한국 계급문학운동 연구》 서울대 출판문화원, 2014.

권영민론

한국 현대문학 연구의 체계화, 그리고 텍스트 비평*

방민호

1. 권영민이라는 학술, 문학의 장(場)

권영민 교수(1948~)는 국문학자로서 연구 활동을 해 온 이래, 오랜 시간에 걸쳐 겉으로 화려하게 드러나지 않았지만 한국문학 연구와 그 세계화를 위해서 각고의 노력을 기울여 온 중요한 학자다.

그동안 그가 저술한 연구서는 단독저서, 공동저서, 편서, 사전류 편찬 등을 합쳐서 적어도 55권 이상에 이르며 논문, 평론, 서평 등 학술적인 성격이 강한 글만 해도 대략 200편에 이

* 지난 6월 17일 필자는 병원에 입원, 목디스크 시술을 받고 절대안정을 취해야 한다는 의사의 권고를 받은 상태이나 제대로 가료를 못한 나머지 몹시 어려운 상태에 처해 있다. 이 글은 완전히 새로운 작업을 하기 어려운 상황에서 오래된 구고를 손질하고 이에 새로운 내용을 더하여 작성한 것임을 밝혀둔다.

른다.

이 가운데에서 필자는, 특히 그가 심혈을 기울여 저술한 것으로서 《한국 모더니즘의 탄생》(세창출판사, 2017), 《한국계급문학운동연구》(서울대 출판문화원, 2014), 《오감도의 탄생》(태학사, 2014), 《이상전집》(뿔, 2009), 《이상문학의 비밀 13》(민음사, 2012), 《한국 현대문학의 이해》(태학사, 2010), 《이상 텍스트 연구》(뿔, 2009), 《소월시 전집》(문학사상, 2007), 《국문 글쓰기의 재탄생》(서울대출판부, 2006) 《정지용 시 126편 다시 읽기》(민음사, 2004), 《한국 현대문학사》(민음사, 2002), 《서사양식과 담론의 근대성》(서울대출판부, 1999), 《한국계급문학운동사》(문예출판사, 1997), 《한국민족문학론연구》(민음사, 1988), 《해방 직후의 한국민족문학운동 연구》(서울대출판부, 1986), 《한국근대문학과 시대정신》(문예출판사, 1983) 등, 그리고 《문학사와 문학비평》(문학동네, 2009), 《소설과 운명의 언어》(현대소설사, 1992)와 《소설의 시대를 위하여》(이우출판사, 1983) 등의 저술들을 이곳에 정리해 두고자 한다.

그는 국문학 자료를 정리하고 체계화하는 데 남다른 노력을 기울여온 훌륭한 편집자이기도 하다. 그가 펴낸 《한국 신소설 선집》(서울대출판부, 2003) 《한국 현대 문인 대사전》(아세아문화사, 1991) 《한국 근대 문인 대사전》(아세아문화사, 1990) 《한국 현대문학사 연표》(서울대출판부, 1987) 《한국 현대문학 비평사 자료》(1982) 등은 현대문학 연구자들이 항상 곁에 두고 찾아보는 연구의 길잡이 역할을 해왔다. 또한 한국 현대문학 연구가 기로에 서 있던 1980년대 말에 그가 잇따라 펴낸

《월북 문인 연구》(문학사상사, 1989) 《김동인 문학 연구》(조선일보사, 1988) 《염상섭 문학 연구》(민음사, 1987) 등은 현대 문학 연구가 나아가야 할 길을 밝히는 나침반 역할을 했다.

요약하건대, 그는 개화기문학에서부터 해방공간에 이르는 폭넓은 문학사 연구와 저술, 그리고 한국문학 연구 자료들에 대한 지속적인 정리 및 체계화 작업을 보여준 한국 현대문학 연구의 요석과 같은 존재였다.

이러한 그의 학술 세계는 그가 서울대학교 교수를 퇴직하고 버클리대학에 새롭게 몸담게 되면서 상당한 정도로 알려져 있는 상태이지만, 그가 국내의 학문적 메커니즘 안에 머무르지 않고 연구 활동과 학술 교류 활동의 범위를 세계적 차원에서 수행해 온 연구자라는 사실은 아직 충분히 인식되어 있다고 하기 어렵다.

예를 들어, 그는 브루스 풀턴 교수와 함께 한국 현대단편소설들의 영문판 번역, 고전적 앤솔러지 출간에 기여하였으며, 최근에는 버클리대학을 중심으로 한국문학과 한국학의 세계화를 위해 애쓰고 있다. 이러한 그의 활동은 학술적인 분야에서 문학적 기획에 이르기까지 매우 다양하고도 복합적이어서 한마디로 정리하기 어려울 정도다. 오래전, 2003년에서 2005년에 걸쳐서 그는 국제비교한국학회를 이끌며 미국을 중심으로 한 한국학 연구자들의 네트워크를 창출하는 데 기여했으며, 그보다 오래전부터 데이비드 맥캔이나 브루스 풀턴 같은 미주 학자들과 학술적 교류를 쌓으면서 한국문학에 대한 관심 증대에 크게 기여해 왔다.

이러한 그의 면모는 특히 미국의 하버드대학과 버클리대학 등을 중심으로 한 한국문학 연구자들이나 일본의 한국문학 연구자들 사이에서 정평을 얻고 있다. 그는 국내의 학회 등을 중심으로 학술 활동을 펴나가는 대신 독자적인 저술 활동을 펼치면서 국제적인 한국문학 연구 활동에 매진해 왔으며, 그 자신의 업적이나 역량을 표면에 내세우지 않고 많은 연구자들이 자신의 역할을 발휘할 수 있도록 이끌어 왔다.

필자는 일찍이 학창 시절부터 권영민 교수의 저술들을 접하면서 그가 매우 체계적이고 조직적인 문장을 구사하며 그 자신이 설정한 연구상의 주제를 명확하게 파지한 후 그것을 매우 명쾌하게 논리화해서 보여주는 타입의 연구자라는 것을 실감해 왔다.

일찍이 필자는 그의 연구저술들을 통해서 한국문학 및 그 문학사에 대한 인식 방법을 배우고 익혔으며 이는 현재까지도 변함이 없다. 권영민 교수의 학술 세계는 필자에게는 그만큼 친숙하면서도 또 새롭다고도 할 수 있다. 이 글에서는 이러한 권영민 교수의 학술 세계를 첫째 그의 개화기 문학 연구의 성과들과 관련하여, 둘째 식민지 시대 및 해방공간의 계급문학 및 문학사 연구와 관련하여, 셋째 한국문학 연구의 세계화를 위한 제반 노력 및 성과들 넷째, 작품 해석의 새로운 지평 확장 등과 관련하여 검토해 보고자 한다.

2. 개화기 문학의 체계적 연구

한국 현대문학 연구자들이 현대사의 기로에 설 때마다 개화기로 관심을 돌리는 것은 단순한 우연의 소치라고 할 수 없다. 일찍이 임화는 1930년대 말에서 1940년대 초에 이르는 시기에 《개설 신문학사》를 중심으로 한 일련의 연구를 통해서 현재와 싸우는 카프 비평가의 위치로부터 물러나 한국 현대문학의 기원에 해당하는 개화기로 시선을 돌리는 방향 전환을 감행했다. 이는 물러남이라기보다 일제 파시즘의 폭력에 노출되면서 위기에 봉착한 한국문학의 기원을 탐구함으로써 그 정체성을 확고히 드러내고자 한 깊은 고민의 산물이라 할 수 있다.

지난 십여 년 동안 젊은 연구자들 가운데 개화기로 새로운 시선을 돌리는 사람들이 많았다. 이는 한국현대사 연구가 새로운 과정에 접어들었음을 의식한 소치라고도 할 수 있다. 반면에, 그들 연구자 가운데 상당수는 일본의 비평가 가라타니 고진과 그의 저서 《일본 근대문학의 기원》 등에 자극받기도 했다. 가라타니의 이 저술은 일본 현대문학이 하나의 기로에 처해 있다는 인식 아래 일본 근대문학의 근대성을 새롭게 규명해 보고자 한 노력의 산물이었으나 국내 젊은 연구자들이 이를 얼마나 자의식적으로 수용했는가는 미지수다.

대개 한국의 문학인이나 문학연구자들은 외부로부터 수용되는 것들에 대해서는 민감하게 반응하는 데 반해서, 이미 우리가 이룩한 것들에 대해서는 그 인식이나 평가가 인색한 경우가 많다. 개화기 문학 연구 분야는 특히 그러한 측면이 강한데, 비교적 새로운 외국 연구방법을 수용한 신진 학자들이 종종 간과하는 것은 선배 격에 해당하는 개화기 및 근대 초창기 문학 연구자들의 학술적 성과다. 전광용으로부터 주종연, 송민호, 이재선 교수 등을 거쳐 권영민 교수에 이르는 선구적인 개화기 문학 연구의 성과는 아직도 깊이 있게 검토해야 할 내용들을 구비하고 있다.

전광용의 《이인직 연구》(1956)와 《신소설 연구》(1986)가 해방 이후 개화기 문학 연구에서 선구적 기여를 했다는 점은 비교적 잘 알려져 있지만 관심은 매우 적은 편이다. 이재선 교수의 《이광수 문학의 지적 편력》(서강대출판부, 2010)이나 《한국 개화기 소설 연구》(1972), 송민호의 《한국 개화기 소설의 사적 연구》(1975), 주종연의 《한국소설의 형성》(1987) 등의 존재는 아직도 깊이 참고해야 할 부분이다.

《한국 근대문학과 시대정신》《한국 민족문학론 연구》 등을 거쳐서 《서사 양식과 담론의 근대성》에 이르러 완성적인 국면에 접어든 권영민 교수의 개화기 문학 연구는 이처럼 선행 연구자들의 실증적인 방법론을 집대성하면서 그것을 해석학적인 지평 위에 올려놓은 것이라 할 수 있다. 특히 《서사 양식과 담론의 근대성》은 개화기 문학을 개념적인 측면에서부터 양식 및 장르 체계에 이르기까지 세련되고 첨단적인 방법론에 입각하여 해석해 내고자 한 사고의 깊이를 엿볼 수 있게 하는 저작이다.

그것은 먼저 개화기를 개념적으로 새롭게 정의하는 데서 나타난다. 여기서 그는 개화기를 개념적으로 19세기 중반부터 1910년에 이르는 개화계몽기로 새롭게 규정하고 있는데 그 배경은 다음과 같다. 즉 그는 이를 통해서 "문학사의 시대구분에서 반드시 고려해야 하는 순서 개념과 본질 개념을 통합"하고자 했으며 아울러 "1910년 이후 식민지 지배체제 아래 모든 담론과 양식이 식민지 지배 담론의 영향으로 그 질서가 왜곡·

재편되었던 사실을 지적하고자 하는 의도까지 포함"시키고자 했다.

개항을 전후로 하여 1910년경에 이르는 시대를 가리키는 말로는 물론 개화기라는 말이 통칭이 되다시피 했고, 그 밖에도 그 시대의 과제적 측면에 주목한 애국계몽기라는 개념어가 사용되기도 했다. 그러나 권영민 교수가 새롭게 제기한 개화계몽기라는 용어는 애국계몽기라는 말에 담긴 주관성에서 벗어날 수 있게 해주는 효용이 있는 것으로 판단된다.

개화기의 시대 규정부터 새롭게 검토하고자 한 그는 담론이론과 탈식민주의 이론을 탄력적으로 수용하고 재해석하면서 명쾌한 어조로 개화계몽기에 나타난 아주 많은 서사 양식들을 양식 및 장르론의 시각에서 체계화해 나갔다.

그에 따르면, 서사의 구성요소와 그것이 지향하는 가치는 담론의 구조와 규칙을 바탕으로 서로 통합되어 하나의 이야기를 만들게 된다. 그런데 이러한 서사에서 이야기의 구성원리가 되는 것은 경험성과 허구성이며 이 두 가지의 요소가 결합되는 방법은 그 이야기의 담론 구조와 관련된다. 경험성과 허구성이라는 서사 구성의 요소들은 서로 팽팽한 긴장관계를 형성하면서 담론의 구조에 따라 서로 영향을 미치게 된다.

또한 서사에서의 이야기가 지향하는 가치의 영역에서도 유사한 현상이 나타나게 된다. 모든 서사의 이야기는 실재성과 이념성이라는 서로 다른 가치의 지향성을 지니며 이 상반된 가치의 지향성을 통제하고 조절하는 것이 담론의 규칙이라는 것이다. 즉 어떤 이야기의 경우에는 실재성의 구현에 더 큰 의미가 부여되며 또 다른 어떤 이야기에서는 이념성의 구현이

중시된다.

그리하여 경험성과 허구성을 양극단으로 하는 수평축과 이념성과 실재성을 수직축으로 하는 하나의 장르론적 도식이 그려질 수 있으며 이 수평축과 수직축이 교차함으로써 만들어지는 네 개의 평면이 상정 가능하게 된다. 이것은 다음과 같은 도식으로 표현될 수 있다.

〈표 1〉

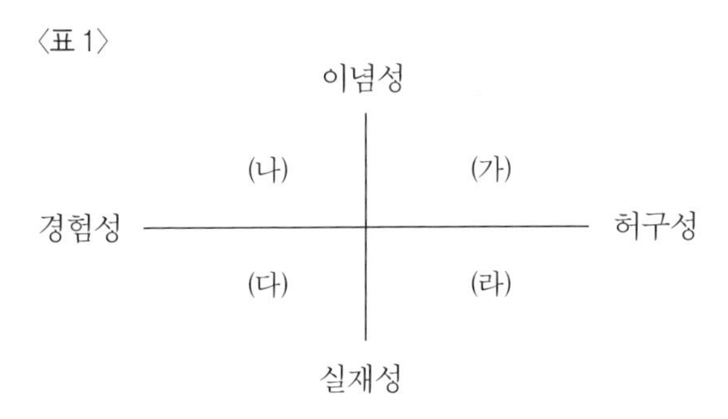

나아가 이처럼 서사구성 원리로서의 허구성과 경험성, 그리고 서사의 가치지향으로서의 이념성과 실재성이라는 추상적 대립항들이 만들어 내는 네 개의 평면에는 개화계몽기에 두드러지게 나타났던 우화 및 풍자, 전기, 역사기록, 신소설 등 네 개의 대표적 서사 장르가 대응될 수 있다.

〈표 2〉

서사구성의 원리 / 서사의 가치지향	허구성	경험성
이념성	우화·풍자	전기
실재성	신소설	역사기록

이처럼 개화계몽기에 나타난 여러 장르를 양식론 또는 장르론의 차원에서 새롭게 위치 규정한 권영민 교수의 방법론적 실험은 이들 장르를 통해서 형성되고 표현되는 제반 담론의 성격과 의미를 규명하는 방향으로 나아간다. 그는 신소설과 식민주의 담론의 형성 과정을 긴밀하게 결합시켜 설명해 내며 영웅 전기 및 풍자나 우화 장르에 담긴 반식민주의적인 담론적 성격을 명쾌하게 적출해 내고자 한다. 그리고 이러한 시도는 미셸 푸코에서 에드워드 사이드 등으로 이어지는 담론 이론을 그 논의 전개의 강력한 배경으로 삼고 있다.

그는, 담론의 차원에서 보면 모든 언어는 고정되고 주어진 의미를 가진 가치중립적인 매체가 아니라 상이한 입장과 이념과 계급에 의해 힘을 발휘하고 그 이념과 계급을 위해 대립하고 갈등을 드러내기도 한다고 말한다. 이 경우에 구체적으로 발화된 언어에 의해서 이루어지는 담론의 양식이 지식을 창출하는 데에서도 서로 부딪치고 경쟁할 수밖에 없다. 그는 이것이 바로 담론의 양식들이 보여주는 대화적 과정이며 바로 이 대화적 과정 자체가 사회문화를 구성한다.

이러한 시각과 방법을 중심으로 개화계몽기 문학을 분석하고 체계화하는 그의 논법은 매우 명쾌해 보인다. 그러나 여기에는 오랜 시간에 걸쳐 이 시대의 문학 작품들과 문헌적인 자료들을 섭렵해온 그의 실증적 면모가 뒷받침되어 있음을 간과할 수 없다. 그는 전광용을 위시한 여러 선행 연구자들의 학술적 탐구를 그 실증적인 면에서나 방법론적 측면에서나 질적으로 한 단계 훌쩍 상승시켜 놓았다고 할 수 있다.

3. 카프문학, 해방공간 문학 연구와 문학사 저술

권영민 교수의 또 다른 학술적 성과는 카프문학과 해방공간 문학에 대한 체계적 연구다. 그는 지난 이십 년간 한국 현대문학 연구 분야에서 가장 중요한 카프문학 연구자라 할 수 있다. 그는 남북분단 상황이 낳은 학문적 불구 상태를 넘어서서 1980년대 후반의 월북문학인 해금과 같은 조치를 계기로 새롭게 열린 연구 공간을 선도적으로 이끄는 데 가장 큰 역할을 해온 장본인이다.

카프문학 연구의 측면에서 그는, 《한국 계급문학 운동사》 및 《해방 직후의 민족문학운동 연구》가 보여주듯이, 이 분야의 개척자인 김윤식 교수가 일본의 근대문학 연구를 참조하면서 창출해 놓은 새로운 연구의 가능성을 카프문학운동의 성립 과정에서부터 그 구체적인 전개와 분열 및 쇠퇴에 이르기까지 아주 체계적으로 분석해냄으로써 이 분야를 현대문학 연구의 새로운 학문적 분과로 확실하게 변모시켜 놓았다.

그는 특히 염군사와 파스큘라로부터 카프문학운동이 출현, 성립되기에 이르는 과정을 《백조》 등과 같은 동인지와 잡지 등을 중심으로 면밀하게 검토함으로써 카프 전사(前史)를 구체적으로 규명했으며, 관련 인사들의 면면을 자세하게 드러내 보였다. 또 그는 카프와 일본 사회주의 문예운동의 관련성 및 국내 사회주의 운동과의 관련성을 찬찬히 검토해 보였고, 카프의 조직적 출범 과정을 실물적으로 조사해서 보여주는 등 자료를 중시하면서도 그것을 명쾌하게 분류, 해석해 나가는 그 특유의 연구 성향을 발휘하였다. 이러한 특성은 카프 조직운동의 전개 과정을 서술해 나가는 대목이라든가 신간회 관련 대목, 그리고 특히 카프 조직 사건의 경위를 서술해 나가는 대목 등에서 유감없이 발휘되었다.

무엇보다 그의 카프문학 연구는 계급문학 운동이 근본적으로 조직운동에 기반한 사회적 실천 행위라는 점에 주목하면서 그러한 계급문학 운동으로서 조직의 성립과 전개과정, 그리고 해체의 관점에서 카프문학의 전체상을 일목요연하게 재구성한 것이다. 또 나아가 이는 그것을 뒷받침하는 각종 문헌적 자료들을 오랜 기간에 걸쳐 힘들게 수립, 정리한 산물이기도 하다. 이 점에서 그의 카프문학 연구는 한국 현대문학 연구의 영역을 실질적으로 확장시킨 것이라고 할 수 있다.

이러한 일련의 저서가 보여주는 권영민 교수의 학술적인 스타일의 또 다른 강점은 문학사상의 제 경향과 유파를 전체적이면서도 포용적으로 파악하면서 그 의미와 성격을 객관화시켜 나가는 태도다. 카프문학운동에 대한 접근에서 이러한 태도는 분명히 나타나는데 이것은 그보다 먼저 이루어진 개화기 문학이나 해방공간 문학에 대한 연구에서 이미 그 면모가 드러났다고 보아야 한다.

예를 들어《한국 민족문학론 연구》를 보면 그는 1920년대의 국민문학파와 절충파, 그리고 카프 계급문학파의 논리를 예단 없이 균형적으로 정리하여 보여주었으며, 해방공간의 문학운동을 조명하는 곳에서도 민족주의 우파와 중간파, 그리고 월북 문학인들의 논리를 균분하듯 체계적으로 서술해 나갔다. 이러한 태도는 특히 그의 또 다른 저술인《해방 직후의 민족문학 운동 연구》에서 이른바 순수문학파와 계급문학파, 그리고 중간파 문학의 흐름을 전반적으로 폭넓게 조명하는 것으로 나타난다.

어느 면에서 보면 모든 일은 그것이 일어나거나 진행되고 있을 때는 그 전체적인 의미나 본질적 성격을 쉽게 헤아릴 수 없는 법이다. 이것은 문학사의 한 국면을 이해하고자 할 때 간과해서는 안 되는 점이다. 이런 점에서 보면 개화기, 식민지 시대, 해방공간에 걸쳐 나타난 제반 문학현상을 일견 가치중립적인 견지에서 분석하고 서술해 나가는 권영민 교수의 학술적 스타일은 문학사를 예단이나 과장 없이 파악하기 위한 일종의 전제라고도 할 수 있다.

그런데 이는 또한 권영민 교수가 축적해온 연구 성과를 파악하는 데에도 필요한 태도다. 필자의 대학원 재학 시절에 많은 연구생은 권영민 교수의 연구방법이나 저술상의 스타일을 김윤식 교수와 비교하곤 했는데, 오랜 시간이 흐른 지금의 시점에서 두 사람의 연구나 저술을 돌이켜 보면 과거의 호불호가 곧 오늘의 것이 될 수만은 없으리라는 사실을 깨닫게 된다. 필자는 그때 이미 그의 학문적 스타일에 담긴 높고 넓은 시야의 강점을 어렴풋이나마 이해하고 있었다.

한편으로 권영민 교수가 이룩한 주목할 만한 성과 가운데 하나는 바로 현대문학사의 저술이다. 그의 《한국 현대문학사》가 출판되기까지 한국 현대문학 연구는 사실상 문학사 저술을 제대로 확보하지 못하고 있었다고 보아도 커다란 무리가 없다. 현대시 연구 쪽에서는 김용직 교수의 《한국근대시사》(1983)와 《한국현대시사》(1996) 등이 있었고 소설사 쪽에서는 김윤식 교수와 정호웅 교수가 함께 펴낸 《한국소설사》

(1993) 등을 위시한 몇 종의 저술이 선행해 있기는 하지만, 무엇보다 시와 소설 등 주요 장르를 통합한 문학사 저술은 없었다는 점을 상기할 필요가 있다. 나아가 이들 개별 장르의 문학사 서술 역시 완미한, 시간적 연속과 단절을 모두 고려한 조화로운 서술 양태를 보여준 경우는 드물었다.

권영민 교수의 《한국 현대문학사》는 이 점에서 주목할 만하다. 여기서 그는 구한말에서 해방기에 다다르고 또 여기서 다시 현재에 이르는 100여 년에 걸친 현대문학사의 흐름을 두 권의 책에 시, 소설, 희곡 등의 3대 장르를 모두 고려하면서 유려하게 서술해 나갔다. 이 저서에서 필자가 특히 인상 깊었던 곳은 1930년대의 문학사 서술 부분, 이 가운데에서도 소설사 부분이다.

여기서 그는 1930년대 중반의 중요한 소설사적 현상으로 식민지 현실과 소설에 대한 반성, 모더니즘 소설과 산문의 시학, 현실과 풍자와 비판, 여성소설의 등장과 여성적 관점, 역사소설의 양식적 확대와 대중성 등 다섯 가지 항목을 제시한다. 이러한 항목화에는 비교적 최근까지의 연구 성과를 망라하려는 고려가 담겨 있다. 특히 여성소설이나 역사소설에 주목하여 다룬 것은 앞에서 언급했듯이 문학사상의 제 경향과 유파를 가감 없이 수용하여 질서를 부여하고자 한 그 특유의 스타일이 신진 연구의 성과를 무리 없이 수용하여 재해석한 경우에 해당한다.

이처럼 새로운 연구를 폭넓게 수용하면서 한국 현대문학이라는 역사적 현상을 새롭게 질서화하고 재편해 나간 그의 문학사 저술은 한국 현대문학사를 체계적으로 서술하고자 한 노력의 소산이자 오랜 기간에 걸친 그의 연구 과정이 종합된 결과물이다.

4. 한국문학 세계화를 위한 지속적인 노력들

작년 2005년에 권영민 교수는 브리티시컬럼비아대학(UBC)의 부루스 풀턴(Bruce Fulton) 교수와 함께 컬럼비아 대학 출판부에서 *Modern Korean Fiction: An Anthology*라는 제목으로 한국 현대문학을 대표하는 22편의 단편소설을 수록한 소설 선집을 출판하였다.

현진건의 〈운수 좋은 날〉과 김동인의 〈감자〉, 이태준의 〈까마귀〉에서부터 최윤의 〈회색 눈사람〉과 김영하의 〈도마뱀〉 등에 이르는 단편소설들을 수록하고 있는 이 앤솔러지의 의미는 매우 각별하다.

지금까지 필자가 만나 본 미국과 유럽의 한국문학 연구자들이 가장 힘들게 생각하고 있는 것 가운데 하나는 바로 그 자신이 가르치고 있는 학생들에게 자신 있게 보여줄 수 있는 한국문학 작품의 영역본이 거의 없다는 사실이었다.

예를 들어 현재 미국에서 한국학 연구를 하고 있는 신진 학자들의 전언에 따르면 미국의 동아시아학 분야에서 한국이 차지하는 비중은 일본이나 중국에 비해 매우 미미한 편이다. 한국문학을 전공한 교수들이 아주 드물 뿐만 아니라 학생들에게 한국문학의 전통과 독자성을 일깨워줄 만한 작품집도 제대로 구비되어 있지 못한 형편이다.

한 나라의 문학의 실체는 작품에 있다는 것이 사실이라면 이러한 열악한 상황은 한국문학에 대한 인식의 결핍을 연장해 나갈 수밖에 없음을 보여주는 것이다. 이러한 상황을 감안할 때 이번에 권영민 교수가 풀턴 교수와 함께 펴낸 앤솔러지는 한국 근대문학의 전통과 독자성을 작품 면면을 통해서 계통적이면서도 구체적으로 확인할 수 있도록 해줄 것이라고 기대할 수 있다.

이러한 선집 작업이 그렇게 간단하거나 만만한 일은 아니다. 이 앤솔러지의 서문에서 편자들은 이 책이 처음 구상된 것은 멀리 1992년으로까지 거슬러 올라가는 일임을 밝히고 있다. 그때 하와이대학의 한국학센터에서 있었던 국제한국문학협회의 창립 모임에 참석한 몇몇 연구자들은 제대로 된 한국현대문학 번역을 찾아보기 어려운 상황을 고통스럽게 생각하면서 한국 현대문학을 포괄적으로 보여줄 수 있는 책을 구상하게 되었다고 한다.

그렇다면 이 선집은 첫 구상단계에서 출판에 이르기까지 무려 약 14, 5년에 가까운 장구한 세월이 필요했던 셈이다. 여기에는 만족할 만한 수준의 한국문학 번역자를 찾아보기 어려웠던 상황과 한국문학에 대한 관심 및 그 연구 활동에 대한 지원이 빈약했던 학문적 여건 등이 골고루 작용하고 있었다고 보아야 한다.

권영민 교수는 이처럼 열악한 상황에서 1995년에 타계한 마셜 필(Marshall R. Pihl) 교수, 풀턴 교수 등과 함께 미국에서의 한국문학 연구 풍토를 조성하기 위해 동분서주해 왔던바, 이번에 간행된 선집은 이 과정 전부를 그 배면에 함축하고 있는 기념비적인 의미를 지닌다.

그가 한국 현대문학 연구를 세계 속에 자리 잡도록 만들기 위해 얼마나 많은 노력을 기울여 왔는가는 그의 프로필이 말해주고도 남음이 있다. 서울대학교에 부임한 이후에 해당하는 1985년부터 1986년까지의 시기에 그는 미국 하버드대학에 객원교수로 가 있었고 1989년에는 다시 일본 도쿄대학에 한국문학 담당 초빙 교수로 가 있었다. 또한 그는 1992년부터 1994년까지 미국 버클리대학에 한국문학 담당 교수로 재직해 있었으며 2004년에는 다시 하버드대학의 한국문학 담당 교수로 가 있었다. 그리고 지금 현재 그는 서울대학교 국문학과 교수직에서 퇴직한 후 단국대학교 석좌교수를 거쳐 버클리대학에서 수년째 한국어문학 분과를 새롭게 정립시키기 위해 애쓰고 있다.

이러한 그의 연구 및 교육 활동 과정은 단순하게 평가하기 어려운 중요성을 내포한다. 이처럼 누차에 걸쳐서 지속적으로 미국 및 일본 학계와 깊은 관계를 형성해 온 데에는 한국문학, 한국어문학이 세계 속에서 자기 위치를 확보해야 한다는 문제의식이 깊이 작용하고 있었다고 할 수 있다.

그는 이러한 과정을 통해서 하버드대학의 데이비드 맥캔(David McCann) 교수, 풀턴 교수와 같은 훌륭한 한국문학 연구자 및 번역자들이 학계에 뿌리를 내릴 수 있도록 조력을 아끼지 않았다. 또한 그들과 함께 오늘과 내일의 한국문학 연구를 선도해 나갈 신진 그룹을 창출해 냈으며 이들 연구자들 사이의 의사소통과 협력을 가능케 해줄 국제적 네트워크를 주도적으로 만들어 내는 막중한 역할들을 수행했다. 뿐만 아니라 그의 이러한 시각과 전망은 그가 몸담아 온 서울대학교를 비롯한 여러 대학의 대학원생들에게 깊은 영감을 주어 그들로 하여금 한국 현대문학 연구의 지평을 세계적 차원으로 옮겨갈 수 있도록 했다. 그가 서울대학교 대학원 국문과를 비롯한 여러 대학원의 젊은 연구생들이 매년 하버드대학의 연구생들과 접촉하고 의견을 교환할 수 있는 제도적 장치를 마련했던 것은 그 하나의 예다.

무엇보다 학문적인 차원에서 권영민 교수는 한국 현대문학을 세계적인 담론의 장과 직접 교류할 수 있도록 하는 노력을 기울여 왔다. 가장 대표적인 성과는 앞에서 비교적 상세하게 논의한 《서사 양식과 담론의 근대성》이라는 저술이다. 이 저술이 단순히 실증적인 노고의 집적물이 아니라 방법론적인 해석의 심도를 보여주는 노작이라는 점에 대해서는 이미 앞에서 이야기해 두었지만 그가 이러한 저작을 만들어 간 과정은 그 자체가 한국문학의 세계화를 위한 고심에 찬 노력을 보여주고 있다고 해도 과언이 아니다. 그는 미국과 일본의 대학들에서 이 저작의 내용을 이루게 되는 것들에 관해 직접 강의하고 또 현지 연구자들의 조언과 자문을 청취하면서 자신의 연구 수준을 질적으로 비약시켰다.

한편으로, 같은 맥락에서 그는 한국의 전통적인 시가 양식을 서구에 소개하고 또 그 중요성에 대한 인식을 확산시키기 위해 여러 가지 노력을 기울여 왔다. 시조는 중국의 한시, 일본의 하이쿠 등과 함께 동아시아를 대표하는 전통적인 시가 양식이자 현대에 들어서서도 한국문학의 정체성을 상징하는 중요한 양식이다. 가람 이병기 이래 현대에 들어서서 이태극이나 정완영, 장순하, 그리고 조오현 같은 시조시인들에 의해서 그 중요성이 더욱 부각되었으며 현재 그 시단은 더욱 확장되고 있는 상태다. 그는 이와 같은 시조 양식의 소개와 보급을 위해 오랜 노력을 기울여 왔으며, 2015년 3월 20일 미국 캘리포니아대학에서 개최된 조오현 초청 강연 행사는 그 하나의 사례라 할 수 있다.

5. 한국문학 텍스트 해석의 새로운 지평들

2009년에 《이상 전집》 전 4권을 새로 펴내면서 함께 펴낸 《이상 텍스트 연구》는 권영민 교수의 학술적 탐구에 관한 여러 가지 생각을 불러일으킨다. 무엇보다 이상은 그의 동시대에도 그러했지만, 해방 이후 한국문학인들의 상상력을 새롭게 일구고 텍스트 해석의 수준을 가늠하기 위한 규준자로 기능해 온 면이 있다.

김기림은 해방 이후 백양당에서 간행한 《이상 선집》(1949)에 이상을 추억하는 글을 쓰면서 이상을 가리켜 "나이하고는 관련이 없는 사람"이라 칭했다. 그에 따르면 이 "젊은 토목기사는 제도와 관청 지위를 바로 팽개치고 그 대신 음악과 시와 그림을 산, 말하자면 서투른 홍정을 해버린 지 얼마 안 되는 적이언만, 그 노숙한 풍모란 인생의 산전수전을 다 겪은 늙은 이로도 당할 수 없었다"라고 술회했다. 이는 이상의 문학이 그의 요절에도 불구하고 심원한 의미체계를 형성하고 있음을 시사하며 김기림이나 임화 같은 당대의 비평가들은 이 사실을 명확히 인식하고 있었다.

권영민 교수의 《이상 텍스트 연구》는 이러한 이상 문학 작품들을 주밀하게 재검토함으로써 아직껏 베일에 가려진 이상 문학의 전모를 새롭게 밝혀보고자 한 의욕의 산물이다. 이 책의 부제가 '이상을 다시 묻다'로 되어 있는 것은 그러한 문제의식과 맥락을 같이한다. 이 저술의 〈책머리에〉에는 이상의 도쿄 체류 주소를 찾고자 했던 그의 노력의 궤적이 잘 나타나 있다.

진보초 3조메를 헤매다가 소화 이래로 이 구역에서 장사를 하고 있다는 오래된 쌀가게를 찾게 되었다. 가게 주인은 소화 연간의 회원 명단(단골 손님의 명단)를 위층 서재에서 꺼내다가 내게 보여주면서 친절하게도 아주 재미있는 사실을 알려 주었다. 3조메에는 101-4번지가 존재하지 않는다는 것이다. 그런데 3조메 10번지의 지번이 둘로 나뉘어 있어서 10-1과 10-2로 표시해 왔다는 점, 내가 알고 있는 101번지는 10-1번지일 것이라는 점, 10-1번지에 모두 열네 가구가 살았다는 점 등을 설명해 주었다. 나는 가게 주인의 설명을 듣고서야 이들 열네 가구의 주소가 '10-1번지의 1호' '10-1번지의 2호'와 같은 방식으로 표시되었을 것이라는 점을 알았다. 이상의 동경 하숙집 주소는 진보초 3조메 101-4번지가 아니었다. 그것은 '3조메 10-1번지 4호'의 오기였던 것이다. 지금은 이 지번 위에 수년 전에 새로 지었다는 센슈대학의 현대식 회관 건물이 들어서 있다.

이와 같은 문장은 발로 뛰어 확인하는 그의 실사구시 학문적 스타일과 이상 문학의 비의를 새롭게 밝혀보고자 하는 의지를 다 같이 보여준다. 그가 이미 임종국과 이어령, 김윤식, 김주현 등에 의해서 매번 새롭게 간행되어 온 '이상 전집'의 새 판본을 기획한 것도 그와 같은 연장선에서 이해된다. 그는 새로운 이상 전집을 위해 앞선 기획자들에 의해서 임의적으로 장르 구분된 것을 재검토하고 완성된 작품과 미완성의 원고를 치밀하게 검토하여 시, 단편소설, 장편소설, 기타 산문 등에 이르는 새로운 편성을 보여주었다. 그는 이 전집을 위해 "원전의 불확정성"을 재고하고 "작품 해석의 자의성"을 지양하며, "이상 개인의 삶의 신비화"를 넘어서고자 하였으며, 그 결과 새롭게 완성된 전집의 특징을 다음과 같은 몇 가지 사항으로 요약했다. 다음은 그가 편집한 《이상전집》 1권의 〈책머리에〉에 서술된 전집의 특이사항이다.

> 첫째, 이 전집은 이상 문학 텍스트의 원전을 완벽하게 복원하고 각각의 성격에 맞는 텍스트적 위상을 회복할 수 있도록 편집하였다. (중략)
>
> 둘째, 이 전집은 이상 문학 텍스트의 양식적 성격을 전체적으로 검토하여 재분류를 시도하고 있다. (중략)
>
> 셋째, 이 전집은 이상 문학 텍스트를 전문 연구자와 일반 독자가 함께 이용할 수 있도록 한다는 데 목표를 두고 있다. 이를 위해 모든 작품의 원전 텍스트와 함께 현대 국어의 표기법에 따라 고쳐 쓴 텍스트를 덧붙였다.
>
> 넷째, 이 전집에 수록된 시와 소설의 경우에는 모든 작품

의 말미에 '작품해설 노트'를 붙임으로써 이상 문학 텍스트의 기초적인 이해를 돕고자 하였다.

한국 현대문학은 정본, 선본을 비정하기 어려운 영역이며, 이는 이 나라가 오랫동안 가난에 시달려 왔을 뿐만 아니라 고래의 주밀함을 잃어버리고 그때그때 실용적 편의를 위해 책을 간행해온 악습이 작용한 때문이기도 하다. 일본과 같이 근대를 일찍 경험해 오면서 자기를 잃어버린 적이 없는 나라, 물질적으로 더 풍요롭고 책의 가치에 대한 인식을 잃어버리지 않은 나라는 가치 있는 문학인들의 전집을 만드는 데도 남에 비할 수 없는 노력을 기울여 왔음을 인식할 필요가 있다.

반면에 이 나라는 전집 같은 것을 만들 때도 충분하다고만은 할 수 없는 아쉬움을 남기는 경우가 많다. 예를 들어, 춘원연구학회에서는 새로운 《이광수 문학전집》을 계획하고 있지만, 이 계획이 과연 얼마나 큰 성과를 거둘 수 있는지는 여러 여건을 고려해 볼 때 많은 걱정을 하지 않을 수 없다고 할 것이다. 이것은 어떤 학회나 전집 주관 주체의 문제라고만 할 수 없는데, 많은 것을 적은 비용, 단기간에 해내지 않으면 안 되는 문학 '생산'의 메커니즘 자체가 한국문학의 정리, 보존, 재활성화 등에도 좋지 않은 여건으로 작용하는 것이다.

권영민 교수의 새 《이상 전집》 전 4권과 《이상 텍스트 연구》는 이러한 여건을 딛고 이상 문학의 새로운 정본적 판본을 제공하고자 한 시도이자, 이때까지의 텍스트 해석의 성과들을 종합하고자 한 각별한 문제의식을 담고 있다.

그는 전집에 함께 수록된 원본 텍스트 뒤에 작품해설을 붙이고 주석 작업도 보완적으로 수행함으로써 이상 연구자들의 시선을 한층 밝게 했으며, 이상 텍스트 해석에 대한 관심을 다시 한번 이끌어낼 수 있었다. 《이상 텍스트 연구》는 각각 시 텍스트 해석과 소설 텍스트 해석을 겨냥한 두 개의 부로 이루어져 있으며, 각각의 부는 이상 텍스트를 새롭게 보고자 한 그의 성찰 과정을 찬찬히 들여다볼 수 있도록 한다. 그 서론 격에 해당하는 〈서설: 이상 문학을 어떻게 볼 것인가〉를 통하여 그는 이상 문학의 일본어 텍스트, 이중언어적 텍스트에 주의를 기울이고, 텍스트를 확정하고 분류하는 방식을 재검토한 후, "해석의 자의성과 비약"을 넘어서 "올바른 해독"을 향해 한 발 더 나아가고자 한다.

이러한 그의 노력 속에서 〈차8씨의 출발〉(《조선과 건축》 1932.7)이나 〈광녀의 고백〉 〈흥행물 천사〉(《조선과 건축》 1931.8) 등은 새로운 해석을 위한 '논쟁적' 장을 형성한다. 또한 김윤식에 의해 '아이의 해골'로 독해된 소설 〈동해(童骸)〉는 산문 〈행복〉(《여성》 1936.10)과의 상호텍스트성에 대한 고찰을 경유하여 '동정의 형해'라는 새로운 의미로 확정된다. 이 점은 작품 자체의 주제 이해나 구조적 독해에 있어 아주 중요한 사안이라 할 수 있다. 《이상 텍스트 연구》는 이와 같은 재해석, 새로운 해석의 집산지라 할 수 있다. 그는 이상 문학 텍스트의 중층적 구조를 분해하고 시적 상상력과 서사적 전략을 내적으로 살펴 이상 텍스트의 의미를 또 한 번 음미되지 않으면 안 될 탐구의 장으로 제시한 것이다.

한편으로, 이러한 이상 텍스트 해석의 전체적 규모와 성과는 《소월시 전집》(문학사상, 2007), 《정지용 시 126편 다시 읽기》(민음사, 2004)와 같은 선행적 작업의 선례들을 통하여 축적, 탁마된 해석적 시선에 힘입은 것이라 할 수 있다.

6. 끝나지 않은 연구와 해석

권영민 교수는 그 자신이 이미 확보하거니 이룩한 것에 만족하거나 또 그것에 머무르지 않은 진취적인 정신과 태도를 가진 연구자다. 한국 충청남도의 한 작은 시골 마을에서 풍족하지 못한 집안의 아들로 태어나 그곳에서 멀리 떨어지지 않은 고등학교에서 공부한 그가 서울을 거쳐 태평양 너머의 세계로 나아간 과정은 일신우일신(日新又日新)의 과정에 다름 아니었고, 그 자신의 안락보다는 한국 현대문학 연구의 과제의식에 충실한 삶이었다. 이 점에서 그는 단순히 한 사람의 큰 학자로서뿐만 아니라 어떤 의미에서는 사회적 실천가의 모습을 보여주었다고 해도 좋다. 그는 비평과 소설의 문학사적 연구에서 시 텍스트의 정밀한 해석에 이르는 과정을 밟아온 데서 알 수 있듯이 연구 범위와 시야가 드넓은 학자이기도 하다.

권영민 교수가 간행한 책들 가운데에는 연구서나 비평서와 같은 학술서만 있는 것은 아니다. 《너와 나 사이의 시》(샘터사, 1996)라는 제목의 수필집에서 그는 학창 시절부터 현재에 이르는 그 자신의 내적 세계를 드러내 보인다.

이 수필집에 수록된 작품 중에 〈나의 스무 살〉이라는 짧은 수필이 있다. 그것은 아무것도 없는 상황에서 이웃집 순경 아저씨가 대학 입학 선물로 준 경찰용 단화를 얻어 신고 어머니의 배웅을 받으며 서울로 떠난 이야기를 쓴 것이다. 이 수필은 그가 직면했던 불안과 고통과 압박을 생각하게 한다.

오늘 그가 세계 속의 한국문학이라는 명제를 제기하고 이것을 실천해 가는 드문 존재로 자기 자신을 정립한 것은, 그가 타고난 명석한 두뇌와 판단력이 아니라 모든 일을 최선을 다해서 성실하게 밀고 나간 삶의 자세 때문일 것이다.

방민호

문학평론가 · 시인. 서울대 국문과, 동 대학원 졸업. 1994년《창작과 비평》(평론), 2001년《현대시》(시)로 등단. 저서로《비평의 도그마를 넘어》《납함 아래의 침묵》《문명의 감각》《서울 문학 기행》 등과 시집《나는 당신이 하고 싶은 말을 하고》가 있다. 유심작품상, 김환태평론상 등 수상. 현재 서울대 국문과 교수. rady@snu.ac.kr.

2017 유심작품상 수상문집

초판1쇄 발행 2017년 8월 1일
초판2쇄 발행 2018년 7월 15일
엮은이 : 만해사상실천선양회
펴낸이 : 김향숙
펴낸곳 : 인북스
주소 : 경기 고양시 일산서구 성저로 121, 1102-102
전화 : 031) 924 7402
팩스 : 031) 924 7408
이메일 editorman@hanmail.net

ISBN 978-89-89449-60-7 03810

값 12,000원

이 도서의 국립중앙도서관 출판예정도서목록(CIP)은 서지정보유통지원시스템 홈페이지(http://seoji.nl.go.kr)와 국가자료공동목록시스템(http://www.nl.go.kr/kolisnet)에서 이용하실 수 있습니다. (CIP제어번호 : CIP2017017714)